星夜幽梦

陈思和
宋炳辉

主编

四川人民出版社

图书在版编目（CIP）数据

星夜幽梦/陈思和，宋炳辉主编.—成都：四川
人民出版社，2024.1
ISBN 978-7-220-13428-9

Ⅰ.①星… Ⅱ.①陈…②宋… Ⅲ.①中国文学-当
代文学-作品综合集 Ⅳ.①I217.1

中国国家版本馆 CIP 数据核字（2023）第 154311 号

XINGYE YOUMENG

星夜幽梦

陈思和　　宋炳辉　主编

出 版 人	黄立新
选题策划	李淑云
责任编辑	李淑云
封面设计	叶 茂
内文设计	李其飞
责任校对	申婷婷
责任印制	周 奇

出版发行	四川人民出版社（成都三色路 238 号）
网 址	http://www.scpph.com
E-mail	scrmcbs@sina.com
新浪微博	@四川人民出版社
微信公众号	四川人民出版社
发行部业务电话	(028) 86361653　86361656
防盗版举报电话	(028) 86361653
照 排	四川胜翔数码印务设计有限公司
印 刷	成都兴怡包装装潢有限公司
成品尺寸	155mm×230mm
印 张	12
字 数	140 千
版 次	2024 年 1 月第 1 版
印 次	2024 年 1 月第 1 次印刷
书 号	ISBN 978-7-220-13428-9
定 价	59.00 元

编选说明

一、本书编选宗旨：站在新世纪回眸百年中国文学，以其艺术精品展示后人，为未来中国保留一份 20 世纪中国文学的"古文观止"。

二、本书编选性质：既为广大中文专业的本科和专科学生提供一部篇幅不大、内容精要、适合阅读学习的 20 世纪中国文学作品选，也为一般文学爱好者提供一部艺术性强，并且凝聚了现代中国知识分子美好精神境界的美文选，值得读者欣赏和珍藏。

三、本书编选范围：20 世纪文学中的优秀作品，以现代汉语创作为主，包括小说、诗歌、散文、戏剧。长篇小说和篇幅过长的中篇小说选取其最能体现作家艺术成就的精彩片段；但一般的中篇小说、短篇小说均收录全篇。篇幅过长的诗歌和多幕戏剧也采取选其精彩片段的方法。散文包括抒情性散文、议论性散文、杂文和其他相关文体，但不包括篇幅较大的报告文学和理论批评文章。一般不选入旧体诗词。

四、本书编选体例：其顺序为 [1] 篇名；[2] 作家简介；[3] 作品正文；[4] 作家的话；[5] 评论家的话。其中 [4] 选取作家本人有关的创作谈。如一时找不到的，则空缺。[5] 选取较权威的评论家已发表的对所选作品的批评或就作家整体风格的批评意见。通常选一到两则。如一时找不到的，由参与本书编辑工作的有关人员撰写，但不标"评论家的话"，而标"推荐者的话"，以示区别。

五、本书编选原则：本书强调感人的语言艺术和知识分子人格力量相融合的审美标准，强调真正的艺术创造是超越时间和空间限制而永存于世的文学观念，一般不考虑文学史的需要，不考虑思潮流派的代表性，也不考虑作家在现实社会中的地位和影响。

六、本书编选方式：本书所选作品，要求选其最好的版本。若有作家多次修改的作品，应在比较各种版本的基础上，以其艺术表现最成熟的版本为准，也会参考其他版本稍作修改。

七、本书编排顺序：基本按作品写作时间的前后排列，若无从考其写作年月，则以其初刊年月为准。相同作家的作品，也按其写作或发表时间的前后排列。

八、本书初版由复旦大学中文系现代文学教研室与中央广播电视大学等单位共同编辑，陈思和与李平担任主编，邓逸群与宋炳辉担任副主编，共同负责全书的策划、协调、审读、定稿等工作。参加工作的具体人员是：王东明、苏兴良、李平、钱旭初、韩鲁华、陈利群（主要负责小说编选）；李振声、张新颖、宋炳辉、梁永安（主要负责诗歌与散文作品的编选）；杨竞人、邓逸群（负责戏剧作品的编选）。另外，张业松也参加过部分工作。本书初版由上海学林出版社 1999 年出版。

本次修订，主要由宋炳辉负责，参与者有：郜元宝、张新颖、王光东、宋明炜、段怀清、金理等。陈思和最后审定。此次修订，对当代部分做了一些调整，新增了韩松、王小波、迟子建、阎连科等作家的相关篇目。

九、我们必须声明的是，这并不是十全十美的选本，更不是唯一的经典的选本，它只是一个能够比较自由地表达编者的文学审美观念的选本，希望读者能够从中获得人格的影响和美的熏陶。对于有些地区的作品（如香港、台湾地区等），因为资料的缺乏和信息的不敏，我们并无十分的把握，难免有遗珠之憾。"作家的话"和"评论家的话"两部分，因为不能翻阅所有的资料，肯定有许多选得不甚到位。我们希望读者能给以认真的批评和建议，以便以后再版时能有所修订增补，使其尽可能地接近于完美。

主编：陈思和　宋炳辉

目 录
CONTENTS

老 舍

戊戌年间（《茶馆》节选）

　　老舍，原名舒庆春，字舍予，满族。1899 年出生于北京。1918 年从北京师范学校毕业后，曾任小学校长、中学教师等职。1924 年至 1930 年任英国伦敦大学东方学院讲师，同时写作小说《老张的哲学》《二马》等。回国后历任齐鲁大学、山东大学教授，1936 年辞去教职，专事文学创作。抗战爆发后，在重庆、武汉任中华全国文艺界抗敌协会常务理事。1946 年赴美讲学。这一阶段的代表作有长篇小说《骆驼祥子》《四世同堂》等。新中国成立后回到祖国，先后担任北京市与全国的政府及文联与作协的多种领导职务，同时勤奋创作，著有《方珍珠》《龙须沟》《茶馆》等二十多部剧本及大量的曲艺、散文和诗歌作品，被誉为"作家劳动模范"。1951 年被北京市人民政府授予"人民艺术家"的称号。其作品具有浓郁的北京地方色彩。小说创作注重通过平凡日常的生活场景和细节反映社会现实，以喜剧手法表现悲剧主题，善于描绘中下层市民的世态人情，讽刺与幽默兼备。话剧创作以鲜明生动的人物肖像和简练明净、朴素准确的戏剧语言见长；戏剧结构灵活，喜剧色彩浓厚。其代表作《骆驼祥子》《茶馆》享有高度的国际声誉。1966年，"文革"开始时被迫害致死。有《老舍文集》《老舍剧作全集》传世。

《茶馆》是老舍戏剧的巅峰之作，集中体现了老舍杰出的艺术才华和独特的艺术风格。剧作以北京一个普通的茶馆为演绎故事、刻画人物和表现主题的"舞台"，描写了半个世纪广阔的社会生活，塑造了七十多个具有时代特点、面貌各异、个性鲜明的人物。它通过老裕泰茶馆的盛衰变迁和出入茶馆的人物命运的升降浮沉，反映了从前清末年到解放前夕近五十年的激荡变幻的社会生活，揭示了历史发展的必然趋势。《茶馆》共三幕，每幕戏的时间均发生在历史发生巨变的前夕。第一幕发生在戊戌维新失败之时，预示真正革命风暴将临；第二幕发生在民国初年，辛亥革命的失败不但消解了第一幕的潜在期待，同时又预示了新的革命——五四运动将临；第三幕为抗战胜利不久，种种社会腐败现象消解了抗战胜利的成果，又预示新的革命又将来临。所以这部戏不仅是为旧时代唱挽歌，也是企望黎明的近代史诗。本文节选的是第一幕，出场人物多，气氛乱哄哄的，传神地表现出那个"山雨欲来风满楼"的时代特点。标题为编者所加。

人　物　王利发、刘麻子、庞太监、唐铁嘴、康六、小牛儿、
　　　　松二爷、黄胖子、宋恩子、常四爷、秦仲义、吴祥子、
　　　　李三、老人、康顺子、二德子、乡妇、茶客甲乙丙丁、
　　　　马五爷、小妞、茶房一二人。

时　间　一八九八年（戊戌）初秋，康梁等的维新运动失败了。
　　　　早半天。

地　点　北京，裕泰大茶馆。

　　　〔幕启〕：这种大茶馆现在已经不见了。在几十年前，
　　　每城都起码有一处。这里卖茶，也卖简单的点心与菜
　　　饭。玩鸟的人们，每天在蹓够了画眉、黄鸟等之后，
　　　要到这里歇歇腿，喝喝茶，并使鸟儿表演歌唱。商议
　　　事情的，说媒拉纤的，也到这里来。那年月，时常有
　　　打群架的，但是总会有朋友出头给双方调解；三五十
　　　口子打手，经调人东说西说，便都喝碗茶，吃碗烂肉
　　　面（大茶馆特殊的食品，价钱便宜，做起来快当），就
　　　可以化干戈为玉帛了。总之，这是当日非常重要的地
　　　方，有事无事都可以来坐半天。

　　　〔在这里，可以听到最荒唐的新闻，如某处的大蜘蛛怎
　　　么成了精，受到雷击。奇怪的意见也在这里可以听到，
　　　像把海边上都修上大墙，就足以挡住洋兵上岸。这里
　　　还可以听到某京戏演员新近创造了什么腔了，和煎熬

鸦片烟的最好的方法。这里也可以看到某人新得到的奇珍——一个出土的玉扇坠儿，或三彩的鼻烟壶。这真是个重要的地方，简直可以算作文化交流的所在。

〔我们现在就要看见这样的一座茶馆。

〔一进门是柜台与炉灶——为省点事，我们的舞台上可以不要炉灶；后面有些锅勺的响声也就够了。屋子非常高大，摆着长桌与方桌，长凳与小凳，都是茶座儿。隔窗可见后院，高搭着凉棚，棚下也有茶座儿。屋里和凉棚下都有挂鸟笼的地方。各处都贴着"莫谈国事"的纸条。

〔有两位茶客，不知姓名，正眯着眼，摇着头，拍板低唱。有两三位茶客，也不知姓名，正入神地欣赏瓦罐里的蟋蟀。两位穿灰色大衫的——宋恩子与吴祥子，正低声地谈话，看样子他们是北衙门的办案的（侦缉）。

〔今天又有一起打群架的，据说是为了争一只家鸽，惹起非用武力解决不可的纠纷。假若真打起来，非出人命不可，因为被约的打手中包括善扑营的哥儿们和库兵，身手都十分厉害。好在，不能真打起来，因为在双方还没把打手约齐，已有人出面调停了——现在双方在这里会面。三三两两的打手，都横眉立目，短打扮，随时进来，往后院去。

〔马五爷在不惹人注意的角落，独自坐着喝茶。

〔王利发高高地坐在柜台里。

〔唐铁嘴趿拉着鞋，身穿一件极长极脏的大布衫，耳上夹着几张小纸片，进来。

王利发 唐先生，你外边蹓蹓吧！

唐铁嘴 （惨笑）王掌柜，捧捧唐铁嘴吧！送给我碗茶喝，我就先给您相相面吧！手相奉送，不取分文！（不容分说，拉过王利发的手来）今年是光绪二十四年，戊戌。您贵庚是……

王利发 （夺回手去）算了吧，我送给你一碗茶喝，你就甭卖那套生意口啦！用不着相面，咱们既在江湖内，都是苦命人！（由柜台内走出，让唐铁嘴坐下）坐下！我告诉你，你要是不戒了大烟，就永远交不了好运！这是我的相法，比你的更灵验！

〔松二爷和常四爷都提着鸟笼进来，王利发向他们打招呼。他们先把鸟笼子挂好，找地方坐下。松二爷文绉绉的，提着小黄鸟笼；常四爷雄赳赳的，提着大而高的画眉笼。茶房李三赶紧过来，沏上盖碗茶。他们自带茶叶。茶沏好，松二爷、常四爷向邻近的茶座让了让。

松二爷
常四爷 您喝这个！（然后，往后院看了看）

松二爷 好像又有事儿？

常四爷 反正打不起来！要真打的话，早到城外头去啦；到茶馆来干吗？

〔二德子，一位打手，恰好进来，听见了常四爷的话。

二德子 （凑过去）你这是对谁甩闲话呢？

常四爷 （不肯示弱）你问我哪？花钱喝茶，难道还教谁管
着吗？

松二爷 （打量了二德子一番）我说这位爷，您是营里当差的
吧？来，坐下喝一碗，我们也都是外场人。

二德子 你管我当差不当差呢！

常四爷 要抖威风，跟洋人干去，洋人厉害！英法联军烧了圆
明园，尊家吃着官饷，可没见您去冲锋打仗！

二德子 甭说打洋人不打，我先管教管教你！（要动手）

　〔别的茶客依旧进行他们自己的事。王利发急忙跑
过来。

王利发 哥儿们，都是街面上的朋友，有话好说。德爷，您后
边坐！

　〔二德子不听王利发的话，一下子把一个盖碗搂下桌
去，摔碎。翻手要抓常四爷的脖领。

常四爷 （闪过）你要怎么着？

二德子 怎么着？我碰不了洋人，还碰不了你吗？

马五爷 （并未立起）二德子，你威风啊！

二德子 （四下扫视，看到马五爷）喝，马五爷，您在这儿哪？
我可眼拙，没看见您！（过去请安）

马五爷 有什么事好好地说，干吗动不动地就讲打？

二德子 嘘！您说的对！我到后头坐坐去。李三，这儿的茶钱
我候啦！（往后面走去）

常四爷 （凑过来，要对马五爷发牢骚）这位爷，您圣明，您给

评评理！

马五爷　（立起来）我还有事，再见！（走出去）

常四爷　（对王利发）邪！这倒是个怪人！

王利发　您不知道这是马五爷呀？怪不得您也得罪了他！

常四爷　我也得罪了他？我今天出门没挑好日子！

王利发　（低声地）刚才您说洋人怎样，他就是吃洋饭的。信洋
　　　　教，说洋话，有事情可以一直地找宛平县的县太爷去，
　　　　要不怎么连官面上都不惹他呢！

常四爷　（往原处走）哼，我就不佩服吃洋饭的！

王利发　（向宋恩子、吴祥子那边稍一歪头，低声地）说话请留
　　　　点神！（大声地）李三，再给这儿沏一碗来！（拾起地
　　　　上的碎瓷片）

松二爷　盖碗多少钱？我赔！外场人不做老娘们事！

王利发　不忙，待会儿再算吧！（走开）

　　　　〔纤手刘麻子领着康六进来。刘麻子先向松二爷、常四
　　　　爷打招呼。

刘麻子　您二位真早班儿！（掏出鼻烟壶，倒烟）您试试这个！
　　　　刚装来的，地道英国造，又细又纯！

常四爷　唉！连鼻烟也得从外洋来！这得往外流多少银子啊！

刘麻子　咱们大清国有的是金山银山，永远花不完！您坐着，
　　　　我办点小事！（领康六找了个座儿）

　　　　〔李三拿过一碗茶来。

刘麻子　说说吧，十两银子行不行？你说干脆的！我忙，没工
　　　　夫专伺候你！

康　六　刘爷！十五岁的大姑娘，就值十两银子吗？

刘麻子　卖到窑子去，也许多拿一两八钱的，可是你又不肯！

康　六　那是我的亲女儿！我能够……

刘麻子　有女儿，你可养活不起，这怪谁呢？

康　六　那不是因为乡下种地的都没法子混了吗？一家大小要
　　　　是一天能吃上一顿粥，我要还想卖女儿，我就不是人！

刘麻子　那是你们乡下的事，我管不着。我受你之托，教你不
　　　　吃亏，又教你女儿有个吃饱饭的地方，这还不好吗？

康　六　到底给谁呢？

刘麻子　我一说，你必定从心眼里乐意！一位在宫里当差的！

康　六　宫里当差的谁要个乡下丫头呢？

刘麻子　那不是你女儿的命好吗？

康　六　谁呢？

刘麻子　庞总管！你也听说过庞总管吧？侍候着太后，红得不
　　　　得了，连家里打醋的瓶子都是玛瑙做的！

康　六　刘大爷，把女儿给太监作老婆，我怎么对得起人呢？

刘麻子　卖女儿，无论怎么卖，也对不起女儿！你糊涂！你看，
　　　　姑娘一过门，吃的是珍馐美味，穿的是绫罗绸缎，这
　　　　不是造化吗？怎样，摇头不算点头算，来个干脆的！

康　六　自古以来，哪有……他就给十两银子？

刘麻子　找遍了你们全村儿，找得出十两银子找不出？在乡下，
　　　　五斤白面就换个孩子，你不是不知道！

康　六　我，唉！我得跟姑娘商量一下！

刘麻子　告诉你，过了这个村可没有这个店，耽误了事别怨我！

快去快来！

康　六　唉！我一会儿就回来！

刘麻子　我在这儿等着你！

康　六　（慢慢地走出去）

刘麻子　（凑到松二爷、常四爷这边来）乡下人真难办事，永远
　　　　没有个痛痛快快！

松二爷　这号生意又不小吧？

刘麻子　也甜不到哪儿去，弄好了，赚个元宝！

常四爷　乡下是怎么了？会弄得这么卖儿卖女的！

刘麻子　谁知道！要不怎么说，就是一条狗也得托生在北京城
　　　　里嘛！

常四爷　刘爷，您可真有个狠劲儿，给拉拢这路事！

刘麻子　我要不分心，他们还许找不到买主呢！（忙岔话）松二
　　　　爷（掏出个小时表来），您看这个！

松二爷　（接表）好体面的小表！

刘麻子　您听听，嘎登嘎登地响！

松二爷　（听）这得多少钱？

刘麻子　您爱吗？就让给您！一句话，五两银子！您玩够了，
　　　　不爱再要了，我还照数退钱！东西真地道，传家的
　　　　玩意！

常四爷　我这儿正咂摸这个味儿：咱们一个人身上有多少洋玩
　　　　意儿啊！老刘，就看你身上吧：洋鼻烟，洋表，洋缎
　　　　大衫，洋布裤褂……

刘麻子　洋东西可是真漂亮呢！我要是穿一身土布，像个乡下

脑壳，谁还理我呀！

常四爷　我老觉乎着咱们的大缎子，川绸，更体面！

刘麻子　松二爷，留下这个表吧，这年月，戴着这么好的洋表，会教人另眼看待！是不是这么说，您哪？

松二爷　（真爱表，但又嫌贵）我……

刘麻子　您先戴两天，改日再给钱！

　　　　〔黄胖子进来。

黄胖子　（严重的沙眼，看不清楚，进门就请安）哥儿们，都瞧我啦！我请安了！都是自己弟兄，别伤了和气呀！

王利发　这不是他们，他们在后院哪！

黄胖子　我看不大清楚啊！掌柜的，预备烂肉面，有我黄胖子，谁也打不起来！（往里走）

二德子　（出来迎接）两边已经见了面，您快来吧！

　　　　〔二德子同黄胖子入内。

　　　　〔茶房们一趟又一趟地往后面送茶水。老人进来，拿着些牙签、胡梳、耳挖勺之类的小东西，低着头慢慢地挨着茶座儿走；没人买他的东西。他要往后院去，被李三截住。

李　三　老大爷，您外边蹓蹓吧！后院里，人家正说和事呢，没人买您的东西！（顺手儿把剩茶递给老人一碗）

松二爷　（低声地）李三！（指后院）他们到底为了什么事，要这么拿刀动杖的？

李　三　（低声地）听说是为一只鸽子。张宅的鸽子飞到了李宅去，李宅不肯交还……唉，咱们还是少说话好，（问老人）老大爷您高寿啦?

老　人 （喝了茶）多谢!八十二了,没人管!这年月呀,人还
不如一只鸽子呢!唉!（慢慢走出去）

〔秦仲义,穿得很讲究,满面春风,走进去。

王利发 哎哟!秦二爷,您怎么这样闲在,会想起下茶馆来了?
也没带个底下人?

秦仲义 来看看,看看你这年轻小伙子会做生意不会!

王利发 唉,一边做一边学吧,指着这个吃饭嘛。谁叫我爸爸
死得早,我不干不行啊!好在照顾主儿都是我父亲的
老朋友,我有不周到的地方,都肯包涵,闭闭眼就过
去了。在街面上混饭吃,人缘儿顶要紧。我按着我父
亲遗留下的老办法,多说好说,多请安,讨人人的喜
欢,就不会出大岔子!您坐下,我给您沏碗小叶茶去!

秦仲义 我不喝!也不坐着!

王利发 坐一坐!有您在我这儿坐坐,我脸上有光!

秦仲义 也好吧!（坐）可是,用不着奉承我!

王利发 李三,沏一碗高的来!二爷,府上都好?您的事情都
顺心吧?

秦仲义 不怎么太好!

王利发 您怕什么呢?那么多的买卖,您的小手指头都比我的
腰还粗!

唐铁嘴 （凑过来）这位爷好相貌,真是天庭饱满,地阁方圆,
虽无宰相之权,而有陶朱之富!

秦仲义 躲开我!去!

王利发　先生，你喝够了茶，该外边活动活动去！（把唐铁嘴轻轻推开）

唐铁嘴　唉！（垂头走出去）

秦仲义　小王，这儿的房租是不是得往上提那么一提呢？当年你爸爸给我的那点租钱，还不够我喝茶用的呢！

王利发　二爷，您说的对，太对了！可是，这点小事用不着您分心，您派管事的来一趟，我跟他商量，该涨多少租钱，我一定照办！是！嘚！

秦仲义　你这小子，比你爸爸还滑！哼，等着吧，早晚我把房子收回去！

王利发　您甭吓唬着我玩，我知道您多么照应我，心疼我，决不会叫我挑着大茶壶，到街上卖热茶去！

秦仲义　你等着瞧吧！

　　　　〔乡妇拉着个十来岁的小妞进来。小妞的头上插着一根草标。李三本想不许她们往前走，可是心中一难过，没管。她们慢慢地往里走。茶客们忽然都停止说笑，看着她们。

小　妞　（走到屋子中间，立住）妈，我饿！我饿！

　　　　〔乡妇呆视着小妞，忽然腿一软，坐在地上，掩面低泣。

秦仲义　（对王利发）轰出去！

王利发　是！出去吧，这里坐不住！

乡　妇　哪位行行好？要这个孩子，二两银子！

常四爷　李三，要两个烂肉面，带她们到门外吃去！

李　三　是啦!(过去对乡妇)起来,门口等着去,我给你们端面来!

乡　妇　(立起,抹泪往外走,好像忘了孩子;走了两步,又转回身来,搂住小妞吻她)宝贝!宝贝!

王利发　快着点吧!

〔乡妇、小妞走出去。李三随后端出两碗面去。

王利发　(过来)常四爷,您是积德行好,赏给她们面吃!可是,我告诉您:这路事儿太多了,太多了!谁也管不了!(对秦仲义)二爷,您看我说的对不对?

常四爷　(对松二爷)二爷,我看哪,大清国要完!

秦仲义　(老气横秋地)完不完,并不在乎有人给穷人们一碗面吃没有。小王,说真的,我真想收回这里的房子!

王利发　您别那么办哪,二爷!

秦仲义　我不但收回房子,而且把乡下的地,城里的买卖也都卖了!

王利发　那为什么呢?

秦仲义　把本钱拢在一块儿,开工厂!

王利发　开工厂?

秦仲义　嗯,顶大顶大的工厂!那才救得了穷人,那才能抵制外货,那才能救国!(对王利发说而眼看着常四爷)唉,我跟你说这些干什么,你不懂!

王利发　您就专为别人,把财产都出手,不顾自己了吗?

秦仲义　你不懂!只有那么办,国家才能富强!好啦,我该走啦。我亲眼看见了,你的生意不错,你甭再耍无赖,

013

不涨房钱!

王利发　您等等,我给您叫车去!

秦仲义　用不着,我愿意溜达溜达!

　　　　〔秦仲义往外走,王利发送。

　　　　〔小牛儿挽着庞太监走进来。小牛儿提着水烟袋。

庞太监　哟!秦二爷!

秦仲义　庞老爷!这两天您心里安顿了吧?

庞太监　那还用说吗?天下太平了:圣旨下来,谭嗣同问斩!

　　　　告诉您,谁敢改祖宗的章程,谁就掉脑袋!

秦仲义　我早就知道!

　　　　〔茶客们忽然全静寂起来,几乎是闭住呼吸地听着。

庞太监　您聪明,二爷,要不然您怎么发财呢!

秦仲义　我那点财产,不值一提!

庞太监　太客气了吧?您看,全北京城谁不知道秦二爷!您比

　　　　做官的还厉害呢!听说呀,好些财主都讲维新!

秦仲义　不能这么说,我那点威风在您的面前可就施展不出来

　　　　了!哈哈哈!

庞太监　说得好,咱们就八仙过海,各显其能吧!哈哈哈!

秦仲义　改天过去给您请安,再见!(下)

庞太监　(自言自语)哼,凭这么个小财主也敢跟我逗嘴皮子,

　　　　年头真是改了!(问王利发)刘麻子在这儿哪?

王利发　总管,您里边歇着吧!

　　　　〔刘麻子早已看见庞太监,但不敢靠近,怕打搅了庞太

　　　　监、秦仲义的谈话。

刘麻子　喝，我的老爷子！您吉祥！我等了您好大半天了！（搀
　　　　庞太监往里面走）

〔宋恩子、吴祥子过来请安，庞太监对他们耳语。

〔众茶客静默了一阵之后，开始议论纷纷。

茶客甲　谭嗣同是谁？

茶客乙　好像听说过！反正犯了大罪，要不，怎么会问斩呀！

茶客丙　这两三个月了，有些做官的，念书的，乱折腾乱闹，
　　　　咱们怎能知道他们捣的什么鬼呀！

茶客丁　得！不管怎么说，我的铁杆庄稼又保住了！姓谭的，
　　　　还有那个康有为，不是说叫旗兵不关钱粮，去自谋生
　　　　计吗？心眼多毒！

茶客丙　一份钱粮倒叫上头克扣去一大半，咱们也不好过！

茶客丁　那总比没有强啊！好死不如赖活着，叫我去自己谋生，
　　　　非死不可！

王利发　诸位主顾，咱们还是莫谈国事吧！

〔大家安静下来，都又各谈各的事。

庞太监　（已坐下）怎么说？一个乡下丫头，要二百银子？

刘麻子　（侍立）乡下人，可长得俊呀！带进城来，好好地一打
　　　　扮、调教，准保是又好看，又有规矩！我给您办事，
　　　　比给我亲爸爸做事都更尽心，一丝一毫不能马虎！

〔唐铁嘴又回来了。

王利发　铁嘴，你怎么又回来了？

唐铁嘴　街上兵荒马乱的，不知道是怎么回事！

庞太监　还能不搜查搜查谭嗣同的余党吗？唐铁嘴，你放心，

没人抓你！

唐铁嘴　嘿，总管，您要能赏给我几个烟泡儿，我可就更有出息了！

〔有几个茶客好像预感到什么灾祸，一个个往外溜。

松二爷　咱们也该走了吧！天不早啦！

常四爷　嘿！走吧！

〔二灰衣人——宋恩子和吴祥子走过来。

宋恩子　等等！

常四爷　怎么啦？

宋恩子　刚才你说"大清国要完"？

常四爷　我，我爱大清国，怕它完了！

吴祥子　（对松二爷）你听见了？他是这么说的吗？

松二爷　哥儿们，我们天天在这儿喝茶。王掌柜知道：我们都是地道老好人！

吴祥子　问你听见了没有？

松二爷　那，有话好说，二位请坐！

宋恩子　你不说，连你也锁了走！他说"大清国要完"，就是跟谭嗣同一党！

松二爷　我，我听见了，他是说……

宋恩子　（对常四爷）走！

常四爷　上哪儿？事情要交代明白了啊！

宋恩子　您还想拒捕吗？我这儿可带着"王法"呢！（掏出腰中带着的铁链子）

常四爷　告诉你们，我可是旗人！

吴祥子　旗人当汉奸，罪加一等！锁上他！

常四爷　甭锁，我跑不了！

宋恩子　量你也跑不了！（对松二爷）你也走一趟，到堂上实话
　　　　实说，没你的事！

　　　　〔黄胖子同三五个人由后院过来。

黄胖子　得啦，一天云雾散，算我没白跑腿！

松二爷　黄爷！黄爷！

黄胖子　（揉揉眼）谁呀？

松二爷　我！松二！您过来，给说句好话！

黄胖子　（看清）哟，宋爷，吴爷二位爷办案哪？请吧！

松二爷　黄爷，帮帮忙，给美言两句！

黄胖子　官厅儿管不了的事，我管！官厅儿能管的事呀，我不
　　　　便多嘴！（问大家）是不是？

众　　　嘁！对！

　　　　〔宋恩子、吴祥子带着常四爷、松二爷往外走。

松二爷　（对王利发）看着点我们的鸟笼子！

王利发　您放心，我给送到家里去！

　　　　〔常四爷、松二爷、宋恩子、吴祥子同下。

黄胖子　（唐铁嘴告以庞太监在此）哟，老爷在这儿哪？听说要
　　　　安份儿家，我先给您道喜！

庞太监　等吃喜酒吧！

黄胖子　您赏脸！您赏脸！（下）

　　　　〔乡妇端着空碗进来，往柜上放。小妞跟进来。

小　妞　妈！我还饿！

王利发　唉！出去吧！

乡　妇　走吧，乖！

小　妞　不卖妞妞啦？妈！不卖啦？妈！

乡　妇　乖！（哭着，携小妞下）

〔康六带着康顺子进来，立在柜台前。

康　六　姑娘！顺子！爸爸不是人，是畜生！可你叫我怎办呢？你不找个吃饭的地方，你饿死！我不弄到手几两银子，就得叫东家活活地打死！你呀，顺子，认命吧，积德吧！

康顺子　我，我……（说不出话来）

刘麻子　（跑过来）你们回来啦？点头啦？好！来见见总管给总管磕头！

康顺子　我……（要晕倒）

康　六　（扶住女儿）顺子！顺子！

刘麻子　怎么啦？

康　六　又饿又气，昏过去了！顺子！顺子！

庞太监　我要活的，可不要死的！

〔静场。

茶客甲　（正与乙下象棋）将！你完啦！

——幕落

选自《老舍文集》第 11 卷

人民文学出版社 1987 年版

作家的话 ◈

　　茶馆是三教九流会面之处，可以多容纳各色人物。一个大茶馆就是一个小社会。这出戏虽只有三幕，可是写了五十年来的变迁。在这些变迁里，没法子躲开政治问题。可是，我不熟悉政治舞台上的高官大人，没法子正面描写他们的促进与促退。我也不十分懂政治。我只认识一些小人物。这些人物是经常下茶馆的。那么，我要是把他们集合到一个茶馆里，用他们生活上的变迁反映社会的变迁。

　　……人物多，年代长，不易找到个中心故事。我采用了四个办法：（一）主要人物自壮到老，贯穿全剧。这样故事虽然松散，而中心人物有些着落，就不至于说来说去，离题太远，不知所云了。此剧的写法是以人物带动故事，近似活报剧，又不是活报剧。此剧以人为主，而一般的活报剧往往以事为主。（二）次要的人物父子相承，父子都由同一个演员扮演。这样也会帮助故事的连续。这是一种手法，不是在理论上有何根据。在生活中，儿子不必继承父业；可是在舞台上，父子由同一演员扮演，就容易使观众看出故事是联贯下来的，虽然一幕与一幕之间相隔许多年。（三）我设法使每个角色都说他们自己的事，可是又与时代发生关系。这么一来，厨子就像厨子，说书的就像说书的了，因为他们说的是自己的事，同时，把他们自己的事又和时代结合起来，像名厨而落得去包办监狱的伙食，顺口说出这年月就是监狱里人多；说书的先生抱怨生意不好，也顺口说出这年头就是邪年头，真玩意儿要失传……因此，人物各说各的，可是又都能帮助反映时代，就使观众既看见了各色的人，也顺带着看见了一点儿那个时代的面貌。这样的人物虽然也许只说了三五句话，可是的确交代了他们的命运。（四）无关紧要的人物一律招之即来，挥之即去，毫不客气。

这样安排了人物，剧情就好办了。有了人还怕无事可说吗？有人认为此剧的故事性不强，并且建议：用康顺子的遭遇和康大力的参加革命为主去发展剧情，可能比我写的更像戏剧。我感谢这种建议，可是不能采用，因为那么一来，我的葬送三个时代的目的就难达到了。抱住一件事去发展，恐怕茶馆不等被人霸占就已垮台了。我的写法多少有点新的尝试，没完全叫老套子捆住。

《答复有关〈茶馆〉的几个问题》

评论家的话 ◈

《茶馆》是老舍同志优秀剧作之一。它概括了约四十八年旧北京的社会变革。人物连无名无姓的也算在内，约有八十人之多。他选了三个主要时代，三个反动高峰的苦难时代，一个却又比一个更其接近解放到来。第一幕在戊戌政变后；第二幕在袁世凯死后；第三幕在日本投降后。"后"字，在这里特别值得重视，因为它说明剧作者的意图，不写政变本身，而写政变在一般社会所起的波澜。为了广泛容纳社会面，他看中了茶馆这样一个群众性地点。贯穿这个面的，便是茶馆的盛衰和茶馆主人的今昔。

老舍同志的宏大的规模令人心折。我们又在这里听到他的"响崩儿脆"的对话，尤其难能可贵的是，有名有姓的人物约近五十，而对话句句贴切身份、情况、境地。若非大手笔，很难办到。约近五十个人物活在剧作者的想象里，个个栩栩如生，个个面貌各殊，说明他熟悉他们的生活与他们的社会。老北京和老舍可以说是虽二犹一。

……我们不能向这类图卷戏（恕我杜撰这个富有中国情调的名词）要求它不能提供的东西。剧作者写了四十八年和四十八年的社会面貌。他已经在高度造诣上完成了他对自己的要求。情节和个性当然不在话下。人物属于类型创造。这正是这类图卷戏的特征。不是剧作者做不到，而是体裁给他带来了限制。我们只要听一听沈处长那个终始的"好（蒿！）"，就领会到我们敬爱的剧作者何等深入他的白描。

所以我们必须说，老舍同志的新作是我们文学与戏剧方面近年来一个重大的收获。他在短短三幕戏（虽然第一幕有一种序幕印象）里，写出了牛鬼蛇神，也写出了正直善良；这里有惨剧，也有喜剧；有黑暗，也有光明；而最绝望时，也就是希望即将实现时。安排在这里起着不小的戏剧作用。尤其是第三幕后半，有激动人心的充分力量。

李健吾：《读〈茶馆〉》

茹志鹃
百合花

　　茹志鹃,曾用笔名阿如、初旭。原籍浙江杭州,1925年生于上海。两岁丧母,父亲弃家出走,幼时随祖母辗转沪杭两地,生活贫困。11岁进上海私立普志小学读书。13岁时祖母去世,曾入上海基督教会所办的孤儿院。1943年随兄参加新四军,先后担任话剧团演员、文工团组长、分队长、创作组副组长等。1955年从南京军区转业到上海,任《文艺月报》编辑,并加入中国作协。1958年发表短篇小说《百合花》,深受茅盾赞赏。主要作品有:短篇小说集《高高的白杨树》《静静的产院》《百合花》《茹志鹃小说选》《草原上的小路》,长篇小说《她从那条路上来》等。1998年于上海去世。

一九四六年的中秋。

这天打海岸的部队决定晚上总攻。我们文工团创作室的几个同志，就由主攻团的团长分派到各个战斗连去帮助工作。大概因为我是个女同志吧！团长对我抓了半天后脑勺，最后才叫一个通讯员送我到前沿包扎所去。

包扎所就包扎所吧！反正不叫我进保险箱就行。我背上背包，跟通讯员走了。

早上下过一阵小雨，现在虽放了晴，路上还是滑得很，两边地里的秋庄稼，却给雨水冲洗得青翠水绿，珠烁晶莹。空气里也带有一股清鲜湿润的香味。要不是敌人的冷炮，在间歇地盲目地轰响着，我真以为我们是去赶集的呢！

通讯员撒开大步，一直走在我前面。一开始他就把我摞下几丈远。我的脚烂了，路又滑，怎么努力也赶不上他。我想喊他等等我，却又怕他笑我胆小害怕；不叫他，我又真怕一个人摸不到那个包扎所。我开始对这个通讯员生起气来。

嗳！说也怪，他背后好像长了眼睛似的，倒自动在路边站下了。但脸还是朝着前面。没看我一眼。等我紧走慢赶地快要走近他时，他又蹬蹬蹬地自个向前走了，一下又把我甩下几丈远。我实在没力气赶了，索性一个人在后面慢慢晃。不过这一次还好，他没让我摞得太远，但也不让我走近，总和我保持着丈把远的距离。我走快，他在前面大踏步向前；我走慢，他在前面就摇摇摆摆。奇怪的是，我从没见他回头看我一次，我不禁对这通讯员发生了兴趣。

刚才在团部我没注意看他，现在从背后看去，只看到他是高挑挑的个子，块头不大，但从他那副厚实实的肩膀看来，是个挺棒的小伙，他穿了一身洗淡了的黄军装，绑腿直打到膝盖上。肩上的步枪筒里，稀疏地插了几根树枝，这要说是伪装，倒不如算作装饰点缀。

没有赶上他，但双脚胀痛得像火烧似的。我向他提出了休息一会儿后，自己便在作田界的石头上坐了下来。他也在远远的一块石头上坐下，把枪横搁在腿上，背向着我，好像没我这个人似的。凭经验，我晓得这一定又因为我是个女同志的缘故。女同志下连队，就有这些困难。我着恼地带着一种反抗情绪走过去，面对着他坐下来。这时，我看见他那张十分年轻稚气的圆脸，顶多有十八岁。他见我挨他坐下，立即张皇起来，好像他身边埋下了一颗定时炸弹，局促不安，掉过脸去不好，不掉过去又不行，想站起来又不好意思。我拼命忍住笑，随便地问他是哪里人。他没回答，脸涨得像个关公，讷讷半晌，才说清自己是天目山人。原来他还是我的同乡呢！

"在家时你干什么？"

"帮人拖毛竹。"

我朝他宽宽的两肩望了一下，立即在我眼前出现了一片绿雾似的竹海，海中间，一条窄窄的石级山道，盘旋而上。一个肩膀宽宽的小伙，肩上垫了一块老蓝布，扛了几根青竹，竹梢长长地拖在他后面，刮打得石级哗哗作响。……这是我多么熟悉的故乡生活啊！我立刻对这位同乡，越加亲热起来。我又问：

"你多大了？"

"十九。"

"参加革命几年了？"

"一年。"

"你怎么参加革命的？"我问到这里自己觉得这不像是谈话，倒有些像审讯。不过我还是禁不住地要问。

"大军北撤时①我自己跟来的。"

"家里还有什么人呢？"

"娘，爹，弟弟妹妹，还有一个姑姑也住在我家里。"

"你还没娶媳妇吧？"

"……"他飞红了脸，更加忸怩起来，两只手不停地数摸着腰皮带上的扣眼。半晌他才低下了头，憨憨地笑了一下，摇了摇头。我还想问他有没有对象，但看到他这样子，只得把嘴里的话，又咽了下去。

两人闷坐了一会，他开始抬头看看天，又掉过来扫了我一眼，意思是在催我动身。

当我站起来要走的时候，我看见他摘了帽子，偷偷地在用毛巾拭汗。这是我的不是，人家走路都没出一滴汗，为了我跟他说话，却害他出了这一头大汗，这都怪我了。

我们到包扎所，已是下午两点钟了。这里离前沿有三里路，包扎所设在一个小学里，大小六个房子组成品字形，中间一块空地长

---

① 一九四五年日本投降后，共产党为了全国人民实现和平的愿望，和国民党进行和平谈判，并忍痛撤出江南。但时隔不久，国民党竟背信撕毁"双十"协定，又向我中原、苏中等解放区大举进攻。

了许多野草，显然，小学已有多时不开课了。我们到时屋里已有几个卫生员在弄着纱布棉花，满地上都是用砖头垫起来的门板，算作病床。

我们刚到不久，来了一个乡干部，他眼睛熬得通红，用一片硬拍纸插在额前的破毡帽下，低低地遮在眼睛前面挡光。他一肩背枪，一肩挂了一杆秤；左手挎了一篮鸡蛋，右手提了一口大锅，呼哧呼哧地走来。他一边放东西，一边对我们又抱歉又诉苦，一边还喘息地喝着水，同时还从怀里掏出一包饭团来嚼着。我只见他迅速地做着这一切。他说的什么我就没大听清。好像是说什么被子的事，要我们自己去借。我问清了卫生员，原来因为部队上的被子还没发下来，但伤员流了血，非常怕冷，所以就得向老百姓去借。哪怕有一二十条棉絮也好。我这时正愁工作插不上手，便自告奋勇讨了这件差事，怕来不及就顺便也请了我那位同乡，请他帮我动员几家再走。他踌躇了一下，便和我一起去了。

我们先到附近一个村子，进村后他向东，我往西，分头去动员。不一会，我已写了三张借条出去，借到两条棉絮，一条被子，手里抱得满满的，心里十分高兴，正准备送回去再来借时，看见通讯员从对面走来，两手还是空空的。

"怎么，没借到？"我觉得这里老百姓觉悟高，又很开通，怎么会没有借到呢？我有点惊奇地问。

"女同志，你去借吧！……老百姓死封建。……"

"哪一家？你带我去。"我估计一定是他说话不对，说崩了。借不到被子事小，得罪了老百姓影响可不好。我叫他带我去看看。但他执拗地低着头，像钉在地上似的，不肯挪步，我走近他，低声地把群众影响的话对他说了。他听了，果然就松松爽爽地带我走了。

我们走进老乡的院子里，只见堂屋里静静的，里面一间房门上，垂着一块蓝布红额的门帘，门框两边还贴着鲜红的对联。我们只得站在外面向里"大姐、大嫂"地喊，喊了几声，不见有人应，但响动是有了。一会，门帘一挑，露出一个年轻媳妇来。这媳妇长得很好看，高高的鼻梁，弯弯的眉，额前一溜蓬松松的刘海。穿的虽是粗布，倒都是新的。我看她头上已硬翘翘地绾了髻，便大嫂长大嫂短地向她道歉，说刚才这个同志来，说话不好别见怪，等等。她听着，脸扭向里面，尽咬着嘴唇笑。我说完了，她也不作声，还是低头咬着嘴唇，好像忍了一肚子的笑料没笑完。这一来，我倒有些尴尬了，下面的话怎么说呢！我看通讯员站在一边，眼睛一眨不眨地看着我，好像在看连长做示范动作似的。我只好硬了头皮，讪讪地向她开口借被子了，接着还对她说了一遍共产党的部队，打仗是为了老百姓的道理。这一次，她不笑了，一边听着，一边不断向房里瞅着。我说完了，她看看我，看看通讯员，好像在掂量我刚才那些话的斤两。半晌，她转身进去抱被子了。

通讯员乘这机会，颇不服气地对我说道：

"我刚才也是说的这几句话，她就是不借，你看怪吧！……"

我赶忙白了他一眼，不叫他再说。可是来不及了，那个媳妇抱了被子，已经在房门口了。被子一拿出来，我方才明白她刚才为什么不肯借的道理了。这原来是一条里外全新的新花被子，被面是假洋缎的，枣红底，上面撒满白色百合花。她好像是在故意气通讯员，把被子朝我面前一送，说："抱去吧。"

我手里已捧满了被子，就一努嘴，叫通讯员来拿。没想到他竟扬起脸，装作没看见。我只好开口叫他，他这才绷了脸，垂着眼皮，上去接过被子，慌慌张张地转身就走。不想他一步还没有走出去，就听见"嘶"的一声，衣服挂住了门钩，在肩膀处，挂下一片布来，口子撕得不小。那媳妇一面笑着，一面赶忙找针拿线，要给他缝上。通讯员却高低不肯，挟了被子就走。

刚走出门不远，就有人告诉我们，刚才那位年轻媳妇，是刚过门三天的新娘子，这条被子就是她唯一的嫁妆。我听了，心里便有些过意不去，通讯员也皱起了眉，默默地看着手里的被子。我想他听了这样的话一定会有同感吧！果然，他一边走，一边跟我嘟哝起来了。

"我们不了解情况，把人家结婚被子也借来了，多不合适呀！……"我忍不住想给他开个玩笑，便故作严肃地说：

"是呀！也许她为了这条被子，在做姑娘时，不知起早熬夜，多干了多少零活，才积起了做被子的钱，或许她曾为了这条花被，睡不着觉呢。可是还有人骂她死封建。……"

他听到这里，突然站住脚，呆了一会，说：

"那！……那我们送回去吧！"

"已经借来了，再送回去，倒叫她多心。"我看他那副认真、为难的样子，又好笑，又觉得可爱。不知怎么的，我已从心底爱上了这个傻乎乎的小同乡。

他听我这么说，也似乎有理，考虑了一下，便下了决心似的说：

"好，算了。用了给她好好洗洗。"他决定以后，就把我抱着的被子，统统抓过去，左一条、右一条地披挂在自己肩上，大踏步地走了。

　　回到包扎所以后，我就让他回团部去。他精神顿时活泼起来了，向我敬了礼就跑了。走不几步，他又想起了什么，在自己挂包里掏了一阵，摸出两个馒头，朝我扬了扬，顺手放在路边石头上，说：

　　"给你开饭啦！"说完就脚不点地地走了。我走过去拿起那两个干硬的馒头，看见他背的枪筒里不知在什么时候又多了一枝野菊花，跟那些树枝一起，在他耳边抖抖地颤动着。

　　他已走远了，但还见他肩上撕挂下来的布片，在风里一飘一飘。我真后悔没给他缝上再走。现在，至少他要裸露一晚上的肩膀了。

　　包扎所的工作人员很少。乡干部动员了几个妇女，帮我们打水、烧锅，做些零碎活。那位新媳妇也来了，她还是那样，笑眯眯地抿着嘴，偶然从眼角上看我一眼，但她时不时地东张西望，好像在找什么。后来她到底问我说：

　　"那位同志弟到哪里去了？"我告诉她同志弟不是这里的，他现在到前沿去了。她不好意思地笑了一下说："刚才借被子，他可受我的气了！"说完又抿了嘴笑着，动手把借来的几十条被子、棉絮，整整齐齐地分铺在门板上、桌子上（两张课桌拼起来，就是一张床）。我看见她把自己那条白百合花的新被，铺在外面屋檐下的一块门板上。

　　天黑了，天边涌起一轮满月。我们的总攻还没发起。敌人照例是忌怕夜晚的，在地上烧起一堆堆的野火，又盲目地轰炸，照明弹也一个接一个地升起，好像在月亮下面点了无数盏的汽油灯，把地面的一切都赤裸裸地暴露出来了。在这样一个"白夜"里来攻击，有多困难，要付出多大的代价哪！我连那一轮皎洁的月亮，也憎恶起来了。

乡干部又来了，慰劳了我们几个家做的干菜月饼。原来今天是中秋节了。

啊，中秋节，在我的故乡，现在一定又是家家门前放一张竹茶几，上面供一副香烛，几碟瓜果月饼。孩子们急切地盼那炷香快些焚尽，好早些分摊给月亮娘娘享用过的东西，他们在茶几旁边跳着唱着："月亮堂堂，敲锣买糖，……"或是唱着："月亮嬷嬷，照你照我，……"我想到这里，又想起我那个小同乡，那个拖毛竹的小伙，也许，几年以前，他还唱过这些歌吧！……我咬了一口美味的家做月饼，想起那个小同乡大概现在正趴在工事里，也许在团指挥所，或者是在那些弯弯曲曲的交通沟里走着哩！……

一会儿，我们的炮响了，天空划过几颗红包的信号弹，攻击开始了。不久，断断续续地有几个伤员下来，包扎所的空气立即紧张起来。

我拿着小本子，去登记他们的姓名、单位，轻伤的问问，重伤的就得拉开他们的符号，或是翻看他们的衣襟。我拉开一个重彩号的符号时，"通讯员"三个字使我突然打了个寒战，心跳起来。我定了下神才看到符号上写着×营的字样。啊！不是，我的同乡他是团部的通讯员。但我又莫名其妙地想问问谁，战地上会不会漏掉伤员。通讯员在战斗时，除了送信，还干什么，——我不知道自己为什么要问这些没意思的问题。

战斗开始后的几十分钟里，一切顺利，伤员一次次带下来的消息，都是我们突破第一道鹿砦，第二道铁丝网，占领敌人前沿工事打进街了。但到这里，消息忽然停顿了，下来的伤员，只是简单地回答说："在打"或是"在街上巷战"。但从他们满身泥泞，极度疲乏的神色上，甚至从那些似乎刚从泥里掘出来的担架上，人家明白，前面在进行着一场什么样的战斗。

包扎所的担架不够了，好几个重彩号不能及时送后方医院，耽搁下来。我不能解除他们任何痛苦，只得带着那些妇女，给他们拭脸洗手，能吃得的喂他们吃一点，带着背包的，就给他们换一件干净衣裳，有些还得解开他们的衣服，给他们拭洗身上的污泥血迹。

做这种工作，我当然没什么，可那些妇女又羞又怕，就是放不开手来，大家都要抢着去烧锅，特别是那新媳妇。我跟她说了半天，她才红了脸，同意了。不过只答应做我的下手。

前面的枪声，已响得稀落了。感觉上似乎天快亮了，其实还只是半夜。外边月亮很明，也比平日悬得高。前面又下来一个重伤员。屋里铺位都满了，我就把这位重伤员安排在屋檐下的那块门板上。担架员把伤员抬上门板，但还围在床边不肯走。一个上了年纪的担架员，大概把我当作医生了，一把抓住我的膀子说："大夫，你可无论如何要想办法治好这位同志呀！你治好他，我……我们全体担架队员给你挂匾……"他说话的时候，我发现其他的几个担架员也都睁大了眼盯着我，似乎我点一点头，这伤员就立即会好了似的。我心想给他们解释一下，只见新媳妇端着水站在床前，短促地"啊"了一声。我急拨开他们上前一看，我看见了一张十分年轻稚气的圆脸，原来棕红的脸色，现已变得灰黄。他安详地合着眼，军装的肩头上，露着那个大洞，一片布还挂在那里。

"这都是为了我们，……"那个担架员负罪地说道，"我们十多副担架挤在一个小巷子里，准备往前运动，这位同志走在我们后面，可谁知道狗日的反动派不知从哪个屋顶上撩下颗手榴弹来，手榴弹就在我们人缝里冒着烟乱转，这时这位同志叫我们快趴下，他自己就一下扑在那个东西上了。……"

新媳妇又短促地"啊"了一声。我强忍着眼泪，给那些担架员说了些话，打发他们走了。我回转身看见新媳妇已轻轻移过一盏油灯，解开他的衣服，她刚才那种扭怩羞涩已经完全消失，只是庄严而虔诚地给他拭着身子，这位高大而又年轻的小通讯员无声地躺在那里。……我猛然醒悟地跳起身，磕磕绊绊地跑去找医生，等我和医生拿了针药赶来，新媳妇正侧着身子坐在他旁边。

她低着头，正一针一针地在缝他衣肩上那个破洞。医生听了听通讯员的心脏，默默地站起身说："不用打针了。"我过去一摸，果然手都冰冷了。新媳妇却像什么也没看见，什么也没听到，依然拿着针，细细地、密密地缝着那个破洞。我实在看不下去了，低声地说："不要缝了。"

她却对我异样地瞟了一眼，低下头，还是一针一针地缝。我想拉开她，我想推开这沉重的氛围，我想看见他坐起来，看见他羞涩的笑。但我无意中碰到了身边一个什么东西，伸手一摸，是他给我开的饭，两个干硬的馒头。……

卫生员让人抬了一口棺材来，动手揭掉他身上的被子，要把他放进棺材去。新媳妇这时脸发白，劈手夺过被子，狠狠地瞪了他们一眼。自己动手把半条被子平展展地铺在棺材底，半条盖在他身上。卫生员为难地说："被子……是借老百姓的。"

"是我的——"她气汹汹地嚷了半句，就扭过脸去。在月光下，我看见她眼里晶莹发亮，我也看见那条枣红底色上洒满白色百合花的被子，这象征纯洁与感情的花，盖上了这位平常的、拖毛竹的青年人的脸。

1958 年 3 月

选自《百合花》

人民文学出版社 1978 年版

作家的话 ◈

1958 年初，那时虽在反右，不过文学上的许多条条框框，还正在制作和诞生中，可能有一些已经降临人间，不过还没有套到我的头上，还没有成为紧箍咒。所以……决定要写一个普通的战士，一个年轻的通讯员……他年轻，质朴，羞涩。羞涩的原因是他的年轻。他还只刚刚开始生活，还没有涉足过爱情的幸福。……现在回想起来，可庆幸的一点，是……没有受原有生活素材的诱惑，而且不客气地把它们打碎，重新加以糅合，综合，创造出另一个似有似无，似生活中又非生活中的形象来……第二个感到可庆幸的，是当初把这个小通讯员，作为一个小战士，作为一个普通人来写的……写的时候十分放松，毫无负担。第三个感到庆幸的是，在当时那种向左转，向左转，再向左转的形势下，我站在原地没有及时动，原因……是出于年轻无知的一种麻木。在那种情况下，我麻里木足地爱上了要有一个新娘子的构思。为什么要新娘子，不要姑娘也不要大嫂子？现在我可以坦白交代，原因是我要写一个正处于爱情的幸福之旋涡中的美神，来反衬这个年轻的、尚未涉足爱情的小战士。当然，我还要那一条象征爱情与纯洁的新被子，这可不是姑娘家或大嫂子可以拿得出来的。

《我写〈百合花〉的经过》

评论家的话 ◈

　　《百合花》可以说是在结构上最细致严密，同时也最富于节奏感的。它的人物描写，也有特点；人物的形象是由淡而浓，好比一个人迎面而来，愈近愈看得清，最后，不但让我们看清了他的外形，也看到了他的内心。

　　这是六千多字的短篇。故事很简单：向敌人（蒋军）进攻的我军前沿包扎所里发生的一个小插曲。人物两个：主要人物，十九岁的团部通讯员；次要人物，刚结婚的农村少妇。但是，这样简单的故事和人物却反映了解放军的崇高品质（通过那位可爱可敬的通讯员）和人民爱护解放军的真诚（通过那位在包扎所服务的少妇）。这是许多作家曾经付出了心血的主题，《百合花》的作者用这样一个短篇来参加这长长的行列，有它独特的风格。……它的风格就是：清新，俊逸。这篇作品说明，表现上述那样庄严的主题，除了常见的慷慨激昂的笔调，还可以有其他的风格。

　　……我以为这是我最近读过的几十个短篇中间最使我满意，也最使我感动的一篇。它是结构谨严、没有闲笔的短篇小说，但同时它又富于抒情诗的风味。

茅盾：《谈最近的短篇小说》

田 汉

双飞蝶（《关汉卿》节选）

田汉一生写有六十多部话剧剧本，二十多部戏曲剧本，约二十部电影剧本，同时还写了大量的诗歌、歌词和理论批评文章，是中国戏剧运动的奠基人之一，也是我国现代话剧的开拓者和戏曲改革的先驱，为中国话剧、戏曲、电影的发展，做出了重大贡献。

《关汉卿》原载《剧本》1958 年 5 月号，中国戏剧出版社 1958 年初版。此剧是作家为该年举行的世界文化名人关汉卿七百周年纪念活动而作。它代表了田汉戏剧创作的最高成就。剧作以元代剧作家关汉卿创作排演杂剧《窦娥冤》为中心事件，表现了中国古代艺术家不畏权势、宁死不屈的顽强抗争精神与高尚情操。关汉卿得知民女朱小兰蒙冤被害的消息后，义愤填膺，决心据此写一出杂剧，为之鸣冤请命，抨击滥官污吏。名歌妓朱帘秀支持关的创作，愿意担任主演。关汉卿拼着性命创作《窦娥冤》，并借伯颜丞相老太太做寿之机公开演出，引起强烈的反响。此剧激怒了权臣阿合马，他以杀头相逼，下令关汉卿修改剧本。关汉卿断然拒绝。阿合马便把他和朱帘秀关进死牢。在狱中，他们仍不屈服，互相勉励，并吐露了各自内心的爱恋之情。最后，在众多名人和平民百姓的帮助下，关汉卿被判逐出大都押往杭州，朱帘秀经过力争，相伴随至。历史上关于关汉卿创作《窦娥冤》的资料相当少，作家以丰富的想象和巧妙的构思，更主要的，是他饱含了当代知识分子的良知和感情，创作此剧，使《关汉卿》成为中国历史题材话剧创作的上乘之作。全剧共十二场，本书所选为第八场，标题为编者所加。

元至元十九年（1282）三月末的大都狱中。

〔深夜，狱吏设案问供，狱卒狰狞分列，虽在暮春，气象严冷。

〔狱吏翻案件后，望望管牢房的禁子和禁婆。

狱　吏　这几天关汉卿还安静吗？

禁　子　还好。

狱　吏　谁来看过他？

禁　子　他的家人关忠。

狱　吏　就他吗？

禁　子　还有杨显之、梁进之等人，王实甫也托人送了些吃用
　　　　的东西。还有一位刘大娘跟她女儿带东西来要见他，
　　　　没有让她们见。

狱　吏　东西都给了关汉卿吗？

禁　子　照您吩咐的，都给了他。

狱　吏　以后，谁也不让见，也不许人家送东西给他。（望禁
　　　　婆）朱帘秀也是一样，知道吗？

禁　子
禁　婆　知道了。

狱　吏　有谁来看过朱帘秀？

禁　婆　她的徒弟燕山秀也来过，何总管也托人送了些东西。

狱　吏　还有呢？

禁　婆　没有了。

狱　吏　从今天起多留点儿神！

禁　婆　是了。

狱　吏　那个赛帘秀呢？还骂吗？

禁　婆　还骂，可是也安静些了。只是眼睛里还出血，给她
　　　　医吗？

狱　吏　说不定上面要提她，不要死在咱们这里，找个大夫给
　　　　她擦点儿药吧。有人来看她吗？

禁　婆　一个唱戏的丐要俏几乎每隔两天就来看她一次。

狱　吏　唔，以后也不让看了。来，提关汉卿！

狱　卒　提关汉卿！

　　　　〔禁子下，不一时，闻铁链镣铐相击声。关汉卿上。

禁　子　跪下！

　　　　〔关汉卿昂然不跪，禁子拿棒要敲他的腿。

狱　吏　（制止）别难为他。（向关汉卿）关汉卿，你坐下吧。

　　　　（向狱卒）给他一条小凳。

　　　　〔狱卒给凳，关汉卿坐下。

狱　吏　怎么样？这些日子还好吗？

关汉卿　唔，日月照肝胆，霜雪添须眉，可还死不了。

狱　吏　是啊，真是不愿你死啊，你的文章我不懂，可是你的
　　　　医道真高明，我娘吃了你的药好多了。她是多年的风
　　　　湿，真没有想到好得那么快，已经能挂着拐杖自己走
　　　　道儿了。

关汉卿　走走有好处，老年人可也不能太累。

狱　吏　是是，真是谢谢你。可是，关汉卿，你的案情越扯越
　　　　大了。说老实的，恐怕很难救你，怎么办呢？

　　　　〔狱卒中也有人交头接耳。

关汉卿　（诧异）"越扯越大"了？

狱　吏　对。大得够瞧的了。你认识一个叫王著的吗？

关汉卿　王著？

狱　吏　对。当益州千户的王著，记得吗？你跟他什么交情？

关汉卿　唔，记起来了，有这么个人，在玉仙楼演《窦娥冤》
　　　　的时候，他到后台来看过我们。

狱　吏　他看了你们的戏，很受感动，对吗？

关汉卿　他那么说，他很兴奋，还在场子里喊过"与万民除
　　　　害"。我们就见过那一次，没有什么交情。

狱　吏　是啊，他后来就当真干起来了！祸闯得不小。你有一
　　　　位老朋友叫叶和甫的吗？

关汉卿　唔，有那么一个人，不是什么老朋友。

狱　吏　他要来跟你谈谈。

关汉卿　我跟他没有什么可谈的。

狱　吏　谈谈吧，对你许有些好处。（向内）叶先生，请吧！

　　　　〔叶和甫从里面走出来，对关汉卿很关切的口气。

叶和甫　哎呀，老朋友，真想不到在这样的地方跟你见面。当
　　　　初你不听我的话，我害怕总会有这么一天，所以我说，
　　　　《窦娥冤》最好别写，要写必定是祸多福少，现在怎么
　　　　样？不幸而言中了吧。

关汉卿　（鄙夷地）你要跟我谈什么，快说吧。

叶和甫　瞧你，还这么急性子，不是应该熬炼得火气小一点儿吗？

关汉卿　（不耐）有话快说吧！

叶和甫　（跟狱吏耳语）……

狱　吏　（对狱卒们）你们都走开。

〔狱卒们走开。

叶和甫　（低声）好，汉卿，先告诉你一个极可怕的消息，你那位朋友王著跟妖僧高和尚同谋，上个月初十晚上，在上都，把阿合马老大人和郝祯大人都给刺了！

关汉卿　唔，真的？

叶和甫　千真万确的，现在大元朝上上下下都为这事件发抖。你看这是国家多么大的不幸！

关汉卿　你还想告诉我什么呢？

叶和甫　我就是想告诉你，你不听我的劝告，闯出了多么大的乱子！逆臣王著就因为看过你的戏才起意要杀阿合马老大人的。

关汉卿　（怒）怎见得呢？

叶和甫　许多人听见他在玉仙楼看《窦娥冤》的时候，喊过"为万民除害"，后来他在上都伏法的时候又喊："我王著为万民除害"，而且你的戏里居然还有"把滥官污吏都杀坏"的词儿——

关汉卿　（按捺住怒火）你觉得"滥官污吏"应不应该杀呢？

叶和甫　这——"滥官污吏"当然应该杀。

关汉卿　我们应不应该"与万民除害"呢？

叶和甫　唔，当然应该。可是王著把刺杀阿合马老大人当作"与万民除害"就不对了。

关汉卿　杀阿合马是否与万民除害，天下自有公论。若说王著看了我的戏才起意要杀阿合马，那么高和尚没有看过我的戏，何以也要杀阿合马呢？

叶和甫　这——

关汉卿　我们写戏的离不开褒贬两个字。拿前朝的人说，我们褒岳飞，贬秦桧。看戏的人万一在什么时候激于义愤杀了像秦桧那样的人，能说是写戏的人教唆的吗？

叶和甫　汉卿，你这话何尝没有一些道理，可是于今正在风头上，皇上和大臣们怎么会听你的？再说，我今晚来看你，倒也不是为了跟你争辩《窦娥冤》的后果如何，（又低声）我是奉了忽辛大人的面谕来跟你商量一件大事的。你的案情虽说是十分严重，可是只要你答应这件事，还是可以减等甚至释放你的。

关汉卿　我跟忽辛没有什么好商量的！

叶和甫　别这么火气大，老朋友，这事你也吃不了什么亏。反正王著已经死了，没有对证。只要你在大臣问你的时候，供出王著刺杀阿合马大人是想除掉捍卫大元朝的忠臣，联合各地金汉愚民图谋不轨。只要你肯这样招供，不只你的案子可以减轻，忽辛大人为了酬劳你，还预备送你中统钞一百万。这不少哇，老朋友。

关汉卿　（怒火难遏）你还有什么说的？

叶和甫　没有别的了。今晚就为的跟你谈这件大事来的。

关汉卿　你过来我跟你商量商量。

叶和甫　你答应了吗？（过去）

关汉卿　我答应了。（他重重的一记耳光，竟把叶和甫打倒在地上）

叶和甫　汉卿，我好好跟你商量，你怎么动起粗来了？

关汉卿　狗东西，你是有眼无珠，认错了人了。我关汉卿是有名的蒸不烂、煮不熟、捶不扁、炒不爆、响当当的铜豌豆，你想替忽辛那赃官来收买我？我们中间竟然出了你这样无耻的禽兽，我恨不能吃你的肉！

叶和甫　（狰狞无耻的面目毕露）你不答应，好，那你等着死吧。

关汉卿　死也不跟这无耻的禽兽说话了！狱官，让我回号子去。

狱　吏　那么，（对叶和甫）叶先生，您回去吧！

　　　　〔叶和甫溜下。狱卒再集合。

狱　吏　关汉卿，你对。你若真照他说的招供了，我们汉人又该倒霉了。姓叶的回去，必然报告忽辛，忽辛必然追你的案子。你是个好人，又承你医好我娘，只恨我官小力微，帮不到你别的忙，给你送个信儿吧：你也就是这一两天的事了。没有别的，有什么要料理的，或是有什么话要告诉人家的，只要没有什么大关碍，我都可以跟你效劳转达。想吃点什么吗？我也可以给你买些。

关汉卿　（兴奋之后，定了定有些乱的心）谢谢你。我什么也不要吃，也没有什么要料理的。看你倒是挺疼你母亲的，这里有一封信，等我的事完了，请转给我母亲吧。千万别吓着她老人家，这也是像窦娥不愿走前街一样的心愿吧！

关　汉　卿　（接信收起）好，我一定照你的意思送到，你可以放心。

狱　　吏　（接信收起）好，我一定照你的意思送到，你可以放心。

关汉卿　明天可以让关忠来一趟吗？

狱　　吏　对不起，办不到了。

关汉卿　那也好。

狱　　吏　还有什么要对人家说的话吗？

关汉卿　话很多，此时不知从哪里说起，也不知该对谁说。（忽然想起）能不能让我跟朱帘秀再见一面呢？

狱　　吏　这——也好吧。我可以担待一下。不过你跟她说有什么用呢？她的情形跟你一样。

关汉卿　这也叫"涸辙之鱼，相濡以沫"吧。你能担待一下，就请费心。

狱　　吏　（对禁婆）来！提朱帘秀。

禁　　婆　是。

〔禁婆下去不久，领朱帘秀罪衣罪裙，铁锁锒铛地上来。

朱帘秀　（跪）给老爷叩头。

狱　　吏　起来吧。关汉卿有话跟你谈。给你们半刻。（对禁子）谈完了送他们回号子，留心着点儿！（对狱卒）我们撤了吧。

〔他们下。场上只有关汉卿、朱帘秀两人。

朱帘秀　咱们总算又见面了，汉卿。

关汉卿　（沉重地）恐怕也就是这一面吧。

朱帘秀　（受感染地）是吗？

关汉卿　你还记得那位王千户吗？

朱帘秀　玉仙楼后台见过的那位王著？

关汉卿　就是他。

朱帘秀　我只跟他说过两句话，就觉得他是个挺爽快的人，可没想到他能做出这样感天动地的大事，他真不愧是我们《感天动地窦娥冤》的好看客啊。

关汉卿　你还说得这样带劲儿，他杀了阿合马你知道了？

朱帘秀　知道了。昨天来了个同号子的，是王千户住在大都的婶娘。她告诉我王千户临刑的时候还喊着说："我王著与万民除害，我现在死了，将来一定有人把我的事写上一笔的。"他真了不起！

关汉卿　是啊，就有人把这和我们的戏词儿"与一人分忧，万民除害"附会在一起，说我们教唆王著杀害朝廷大臣，所以我们的案情就加重了。

朱帘秀　可不是"与万民除害"吗？阿合马好狠的心，把我徒弟的眼睛都给挖了。

关汉卿　没想到王著给她报了仇，也给我们报了仇。我真想写他一笔，咳，可惜没有时候了。

朱帘秀　没有时候了？

关汉卿　刚才狱官给我送信来了。一两天之内我就完了，你只怕也跟我一样。他要我们趁早把该料理的事，该嘱咐人家的话告诉他，他可以给我们转达。你有什么要他转达的吗？还有，想吃些什么他也可以代买。（见她紧张）哎呀，四姐，你你你不害怕吗？

朱帘秀 （变色，但力自镇定）不害怕。

关汉卿 四姐，真是对不起，为了我的著作，竟然把你连累到这个地步。

朱帘秀 什么话？我不说过你敢写我就敢演吗？说这话的时候，我就打算有今天的。

关汉卿 可是哪知道这一天来得这么快。

朱帘秀 迟早反正一样。我从没有像这些日子这样活得有意思，我觉得我越来越跟大伙儿在一块了。不是吗？老百姓恨阿合马，我们也恨阿合马，而且敢于跟他们斗！王著替大伙儿除害，他死了，我们也站在王著这一边，跟坏人一直斗到死。窦娥不正是这样的女人吗，她至死也不向坏人低头。我喜欢这样的女人，我也愿意像她一样地死去。瞧我还穿着窦娥的行头，跟窦娥一样的打扮，回头还要跟窦娥一样地倒下去。我一定也不会轻易倒下去的，汉卿，在倒下去以前我一定像窦娥一样地喊着，不，也许像王著一样地喊着："与万民除害呀！"你看行吗？我现在真不知道是在过日子，还是在台上。我要像在台上一样，对着成千上万的看的人一点也不胆怯。说真的，你刚才告诉我我们快要死的消息，我心里还有点乱。这会儿好多了，我会像窦娥那样坚强的，你放心。

关汉卿 你也放心，四姐。我姓关，现在虽算是大都人了，我原籍却是蒲州解良①，我也会像我祖宗那样英雄地死去的。"玉可碎而不可改其白，竹可焚而不可毁其节"，这也正是我今天的心胸。

朱帘秀　咳，我最不能瞑目的是玉仙楼那天晚上，我托和卿设法让你连夜逃走，你怎么不走，反而第二天晚上来看戏呢？你那样爱看戏吗？

关汉卿　我怎么能走？我怎么能让你一个人承担那样重的担子？

朱帘秀　我有什么？大不了一个唱杂剧的歌妓，怎么能比得你？你是一代作者，你替我们杂剧开了一条路，歌台舞榭没有你的戏，人家就不高兴。你正应该替大伙儿多写些好东西，多替"有口难言"的百姓们说话，多替负屈衔冤的女子们申冤，可是，可是于今你也跟我一样，就这么完了，那怎么行？叫他们杀了我吧，千万把你给留下……（她哭了）

关汉卿　四姐，谢谢你的好心。我们的死不就是为了替百姓们说话吗？人家说血写的文字比墨写的要贵重，也许，我们死了，我们的话说得更响亮。可是你不像我，我已经快五十的人了，你还年轻，功夫好，那么早就成了名角儿，你死了人家要埋怨我的。不是伯颜老太太那样疼你，还说要认你做干闺女吗？干吗不写封信给她，求求她，我想一定有好处的。信可以托何总管转去，准能收到，快点写吧。要不，我给你代笔也成。

---

① 蒲州解良相传是三国名将关羽的家乡。——编者注

朱帘秀　那么你呢？你也求求她吧。

关汉卿　我怎么能求她？

朱帘秀　那为什么我就应该求她呢？她还不是杀人不眨眼的伯
　　　　颜丞相的老太太吗？她疼我无非我这个女戏子把她给
　　　　逗乐了。她也不是真懂我们的戏的，她不过让人家说
　　　　她是多么慈悲，瞧戏都流眼泪。其实呢，伯颜丞相今
　　　　天在这里屠城，明天在那里杀降，她半点眼泪也没有
　　　　流过。我就恨这样的女人，我还去求她？死也不求她！

关汉卿　不求她那就得——

朱帘秀　就得死。跟关大爷这样的人一道死，我还有什么不足
　　　　呢！我修不到跟你生活在一块儿，就让我俩死在一块
　　　　儿吧，汉卿！（她紧握着关汉卿的手）

关汉卿　四姐，我觉得我们的心没有比这个时候靠得再紧的了。
　　　　入狱的时候，我就打算有今天。前天晚上，我写了一
　　　　个曲子叫〔双飞蝶〕，想给你看看，他们害怕，不给传
　　　　递，我也没有勉强。现在我亲自交给你吧。要是你能
　　　　唱唱该多好。

朱帘秀　给我。（接过去）

关汉卿　写得很乱，你看得清楚吗？

朱帘秀　看得清楚。（她半朗诵，半歌唱地）

　　　　　　将碧血、写忠烈，

　　　　　　做厉鬼、除逆贼，

　　　　　　这血儿啊，化作黄河扬子浪千叠，

　　　　　　长与英雄共魂魄！

强似写佳人绣户描花叶；

学士锦袍趋殿阙；

浪子朱窗弄风月；

虽留得绮词丽语满江湖，

怎及得傲干奇枝斗霜雪？

念我汉卿啊，

读诗书，破万册，

写杂剧，过半百，

这些年风云改变山河色，

珠帘卷处人愁绝，

都只为一曲《窦娥冤》，

俺与她双沥苌弘血；

差胜那孤月自圆缺，

孤灯自明灭；

坐时节共对半窗云，

行时节相应一身铁；

各有这气比长虹壮，

哪有那泪似寒波咽！

提什么黄泉无店宿忠魂，

争说道青山有幸埋芳洁。

俺与你发不同青心同热；

生不同床死同穴；

待来年遍地杜鹃花，

看风前汉卿四姐双飞蝶。

相永好，不言别！（她十分感动）

哦，汉卿！（她拥抱关汉卿）

〔禁子、禁婆上。

禁　子　半刻完了。回去吧。（分开他们）

禁　婆　听你们说得怪可怜的，以后只怕没有见面的时候了。容你们一别吧。

朱帘秀　不。

关汉卿　我们不告别，我们永久在一起的。

禁　婆　那么回号子吧。

〔禁子牵着关汉卿，禁婆牵着朱帘秀，铁锁锒铛地各归狱室。

——暗　转

选自《关汉卿》

中国戏剧出版社 1985 年版

作家的话 ◈◈

　　我对七百年前我国的伟大剧作家关汉卿非常敬慕。他和他的同时代艺术家一起，把唐宋以来发展的歌舞戏、参军戏和行院本等戏剧因素综合提炼到光芒万丈的元杂剧的高度；（他把毕生的戏剧创作用来表达在元朝统治者残酷统治下的中国人民的反抗情绪。他虽没有发表过艺术论，但在实践上是主张艺术为政治服务的，）……他继承了也开创了中国戏剧艺术朴素的现实主义的传统，给后代戏剧家以极大的影响。

　　关汉卿写过许多优秀动人的喜剧，但他又是很好的悲剧作家，像《窦娥冤》便真是一个"感天动地"的大悲剧,直到今天还在中国舞台上保持它的强大的生命力。1958年国际进步文化界隆重纪念的世界文化名人中有关汉卿这个光辉的名字。我们除了以各种戏剧形式搬演他的剧作之外,我还写了一个以关汉卿为题材的话剧剧本。

但关汉卿的传记材料是如此之少。元朝统治者是十分不重视文艺工作者的,……我们只能通过关汉卿留下的一些剧作来仿佛他的生平了。最后我决定把情节集中在关汉卿以怎样的动机和从哪里得到力量来创作《感天动地窦娥冤》一点。关于创作动机,我设想了当时赃官诬杀一个善良女子的场面。在长期的封建秩序被外来的游牧民族的奴隶制破坏的时候,杀一个汉人不如杀一只牛羊。关汉卿的《窦娥冤》里深刻描写了这一典型环境。……关汉卿从哪里来的创作力量呢?我安排了他和朱帘秀的关系。朱帘秀,行四,是当时以表演杂剧独步一时的名妓,她完全可能跟当时的"梨园领袖、杂剧班头"的关汉卿有较深的交往。事实也正是这样。关汉卿赠过朱帘秀一首〔南吕·一枝花〕,有"手掌儿里奇擎着耐心儿卷"的句子,可知他对这位女演员是十分有感情的。……《关汉卿》原是喜剧结尾。我们的剧作家和刚解除乐籍的杂剧女伶朱帘秀辞别亲友,走过卢沟桥,向遥远的南方出发。根据一些记载,朱帘秀后来是在南方生活的,这样处理不是没有理由,再说让这一对经过苦难考验的艺术伴侣成为永不分离的"双飞蝶",也符合人民的愿望。本剧的剧情发展,从二姐被劫起,也是朝着这个喜剧结尾布置的。但有些同志觉得还是让他们南北分飞更符合当时的历史情况,并给人更深刻的教育。粤剧马师曾、红线女的《关汉卿》就是按悲剧的路子修改的。我同意了这样处理,我把话剧也改成这样了。但我觉得喜剧的结尾也不妨同时存在（俄译本就是喜剧结尾的）。马少波同志说得好，即令他们一道南行，也仍是一种悲剧。

《关汉卿·自序》

评论家的话 ◈

深悉戏剧三昧的剧作者，在这里根据关汉卿时代的历史情况，在他所要描写的这个性格面前，合情合理地安排了一系列顿挫，使得人物性格得到考验的机会。这才使关汉卿的性格得到淋漓尽致的描写。

关汉卿决定写《窦娥冤》，但是担忧没有人敢演出，这是一挫（朱帘秀答："你敢写，我就敢演。"从这里就突出了人物的决心）；叶和甫前来威胁，这又是一挫（关汉卿这时发了脾气，进一步显示了他非写完《窦娥冤》不可）；因找不到戏园子而焦急，这是三挫。经过三挫，我们看到关汉卿和朱帘秀虽处在恶劣的环境下，但非把《窦娥冤》搬上舞台不可，这已经是成为定局的了。正是从这里，我们看见了这对人物为平民百姓而战斗的决心和勇气。

《窦娥冤》幸而上演，幸而得到那位爱看悲剧、以流泪来消遣的伯颜老太太的喜爱（按：我们的舞台上很少戏剧"观众"的形象。这个仅以寥寥数笔传神的"悲剧观众"的形象，直可说是剧作者笔下的"绝活"）。观众正在松一口气的时候，剧作者忽然又逼得你透不过气来，他继续在关汉卿和朱帘秀面前安排了更大的难题：权臣阿合马命令必须在明晚上演《窦娥冤》的修改本。这是顺之者昌，逆之者亡的情景。但是，关汉卿并没有顺，而是逆。他也没有听从朱帘秀的巧计：逃；而是在战友要被斩首的时候，挺身而出。换句话说，他宁可杀头，但不愿修改《窦娥冤》，不愿向封建统治阶级妥协！在狱中，对威胁利诱他的叶和甫给以耳光；他和彼此即将死别的朱帘秀没有一丝感伤或后悔，而是乐观地相期"蝶双飞"，要"将碧血化忠烈"。……不改剧本是一挫，拒绝叶和甫的诱惑是一挫，情知死期在即而和朱帘秀会面，这是三挫。经过前三挫，我们看见了关汉卿非写《窦娥冤》不可；经过后三挫，我们看见了关汉卿宁可不要性命，但不能不要《窦娥冤》。前后六挫，正如钢刀在石上磨了六次，愈磨愈亮，愈磨愈显出钢刀的本来面目。……话剧《关汉卿》是靠上述那些顿挫才把关汉卿的铜豌豆性格表现出来的。

戴不凡：《响当当的一粒铜豌豆
——读话剧剧本〈关汉卿〉断想》

赵树理
"锻炼锻炼"

　　赵树理，原名树礼，1906 年生于山西沁水县尉迟村一个农民家庭。幼时喜爱民间曲艺，谙熟农民的文化风俗。1927 年加入中国共产党，1929 年被捕入狱，获释后一度流浪各地，1937 年重新入党，并参加抗日工作。1943 年写出通俗小说《小二黑结婚》《李有才板话》等，被誉为"边区文艺工作者实践毛泽东文艺思想的具体方向"。1949 年移居北京，担任中国曲艺家协会主席等职，主编《说说唱唱》等刊物，1959 年因不同意农村极左政策而被当作右派批判，"文革"期间惨遭批斗和肉体摧残，死于 1970 年。有《赵树理全集》5 卷。

"争先"农业社，地多劳力少，

动员女劳力，做得不够好：

有些妇女们，光想讨点巧，

只要没便宜，请也请不到——

有说小腿疼，床也下不了，

要留儿媳妇，给她送屎尿；

有说四百二，她还吃不饱，

男人上了地，她却吃面条。

她们一上地，定是工分巧，

做完便宜活，老病就犯了；

割麦请不动，拾麦起得早，

敢偷又敢抢，纪律全不要；

开会常不到，也不上民校，

提起正经事，啥也不知道，

谁给提意见，马上跟谁闹，

没理占三分，吵得天塌了。

这些老毛病，赶紧得改造，

快请识字人，念念大字报！

——杨小四写

这是一九五七年秋末"争先农业社"整风时候出的一张大字报。

在一个吃午饭的时间，大家正端着碗到社办公室门外的墙上看大字报，杨小四就趁这个热闹时候把自己写的这张快板大字报贴出来，引得大家丢下别的不看，先抢着来看他这一张，看着看着就轰隆轰隆笑起来，倒不因为杨小四是副主任，也不是因为他编得顺溜写得整齐才引得大家这样注意，最引人注意的是他批评的两个主要对象是"争先社"的两个有名人物——一个外号叫"小腿疼"，那一个外号叫"吃不饱"。

小腿疼是五十来岁一个老太婆，家里有一个儿子一个儿媳还有个小孙孙。本来她瞅着孙孙做做饭媳妇是可以上地的，可是她不，她一定要让媳妇照着她当日伺候婆婆那个样子伺候她——给她打洗脸水、送尿盆、扫地、抹灰尘、做饭、端饭……不过要是地里有点便宜活的话也不放过机会。例如夏天拾麦子，在麦子没有割完的时候她可去，一到割完了她就不去了。按她的说法是"拾东西全凭偷，光凭拾能有多大出息"。后来社里发现了这个秘密，又规定拾的麦子归社，按斤给她记工她就不干了。又如摘棉花，在棉桃盛开每天摘的能超过定额一倍的时候她也能出动好几天，不用说刚能做到定额她不去，就是只超过定额三分她也不去。她的小腿上，在年轻时候生过连疮，不过早在二十多年前就治好了。在生疮的时候，她的丈夫伺候她；在治好之后，为了容易使唤丈夫，她说她留下了个腿疼根。"疼"是只有自己才能感觉到的。她说"疼"，别人也无法证明真假，不过她这"疼"疼得有点特别：高兴时候不疼，不高兴了就疼；逛会、看戏、游门、串户时候不疼，一做活儿就疼；她的丈夫死后儿子还小的时候有好几年没有疼，一给孩子娶过媳妇就又疼起来；入社以后是活儿能大量超过定额时候不疼，超不过定额或者超过的少了就又要疼。乡里的医务站办得虽说还不错，可是对这种腿疼还是没有办法的。

"吃不饱"原名"李宝珠"，比"小腿疼"年轻得多——才三十来岁，论人材在"争先社"是数一数二的，可惜她这个优越条件，变成了她自己一个很大的包袱。她的丈夫叫张信，和她也算是自由结婚。张信这个人，生得也聪明伶俐，只是没有志气，在恋爱期间李宝珠跟他提出的条件，明明白白就说是结婚以后不上地劳动，这条件在解放后的农村是没有人能答应的，可是他答应了。在李宝珠看来，她这位丈夫也不能算最满意的人，只能说是"比上不足比下有余"——因为不是个干部——所以只把他作为个"过渡时期"的丈夫，等什么时候找下了最理想的人再和他离婚。在结婚以后，李宝珠有一个时期还在给她写大字报这位副主任杨小四身上打过主意，后来打听着她自己那个"吃不饱"的外号原来就是杨小四给她起的，这才打消了这个念头。她既然只把张信当成她"过渡时期"的丈夫，自然就不能完全按"自己人"来对待他，因此她安排了一套对待张信的"政策"。她这套政策：第一是要掌握经济全权，在社里张信名下的账要朝她算，家里一切开支要由她安排，张信有什么额外收入全部缴她，到花钱时候再由她批准、支付。第二是除做饭和针线活以外的一切劳动——包括担水、和煤、上碾、上磨、扫地、送灰渣一切杂事在内——都要由张信负担。第三是吃饭穿衣的标准要由她规定——在吃饭方面她自己是想吃什么就做什么，对张信是她做什么张信吃什么；同样，在穿衣方面，她自己是想穿什么买什么，对张信自然又是她买什么张信穿什么。她这一套政策是她暗自规定暗自执行的，全面执行之后，张信完全变成了她的长工。自从实行粮食统购以来，她是时常喊叫吃不饱的。她的吃法是张信上了地她先把面条煮得吃了，再把汤里下几颗米熬两碗糊糊粥让张信回来吃，另外还做些火烧干饼锁在箱里，张信不在的时候几时想吃几时吃。队里动员她加劳动时候，她却说"粮食不够吃，每顿只能等张信吃完了刮个空锅，实在劳动不了"。时常做假的人，没有不露马脚的。张信常发现床铺上有干饼星星（碎屑），也不断见着糊糊粥里有一两根没有捞尽的面条，只是因为一提就得生气，一生气她就先提"离婚"，所以不敢提，就那样睁只眼阖只眼吃点亏忍忍饥算了。有一次张信端着碗在门外和大家一齐吃饭，第三队（他所属的队）的队长张太和发现他碗里有一根面条。这位队长是个比较爱说俏皮话的青年。他问张信说："吃不饱大嫂在哪里学会这单做一根面条的本事哩？"从这以后，每逢张信端着糊糊粥到门外来吃的时候，爱和他开玩笑的人常好夺过他的筷子来在他碗里找面条，碰巧的是时常不落空，总能找到那么一星半。张太和有一次跟他说："我看'吃不饱'这个外号给你加上还比较正确，因为你只能吃一根面条。"在参加生产方面，"吃不饱"和"小腿疼"的态度完全一样，她既掌握着经济全权，就想利用这种时机为她的"过渡"以后多弄一点积蓄，因此在生产上一有了取巧的机会她就参加，绝不受她自己所定的政策第二条的约束；当便宜活做完了她就仍然喊她的"吃不饱不能参加劳动"。

杨小四的快板大字报贴出来一小会，吃不饱听见社房门口起了哄，就跑出来打听——她这几天心里一直跳，生怕有人给她贴大字报。张太和见她来了，就想给她当个义务读报员。张太和说："大家不要起哄，我来给大家从头念一遍！"大家看见吃不饱走过来，已经猜着了张太和的意思，就都静下来听张太和的。张太和说快板是很有功夫的。他用手打起拍子，有时候还带着表演，跟流水一样马上把这段快板说了一遍，只说得人人鼓掌、个个叫好。吃不饱就在大家鼓掌鼓得起劲的时候，悄悄溜走了。

不过吃不饱可没有回家，她马上到小腿疼家里去了。她和小腿疼也不算太相好，只是有时候想借重一下小腿疼的硬牌子。小腿疼比她年纪大、闯荡得早，又是正主任王聚海、支书王镇海、第一队队长王盈海的本家嫂子，有理没理常常敢到社房去闹，所以比吃不饱的牌子硬。吃不饱听张太和念过大字报，气得直哆嗦，本想马上在当场骂起来，可是看见人那么多，又没有一个是会给自己说话的，所以没有敢张口就悄悄溜到小腿疼家里。她一进门就说："大婶呀！有人贴着黑帖子骂咱们哩！"小腿疼听说有人敢骂她好像还是第一次。她好像不相信地问："你听谁说的？""谁说的？多少人都在社房门口吵了半天了，还用听谁说？""谁写的？""杨小四那个小死材！""他这小死材都写了些什么？""写的多着哩：说你装腿疼，留下儿媳妇给你送屎尿，说你偷麦子；说你没理占三分，光跟人吵架……"她又加油加醋添了些大字报上没有写上去的话，一顿把个小腿疼说得腿也不疼了，挺挺挺挺就跑到社房里去找杨小四。

这时候，主任王聚海、副主任杨小四、支书王镇海三个人都正端着碗开碰头会，研究整风与当前生产怎样配合的问题，小腿疼一跑进去就把个小会给他们扰乱了。在门外看大字报的人们，见小腿疼的来头有点不平常，也有些人跟进去看。小腿疼一进门一句话也没有说，就伸开两条胳膊去扑杨小四，杨小四从座上跳起来闪过一边，主任王聚海趁势把小腿疼拦住。杨小四料定是大字报引起来的事，就向小腿疼说："你是不是想打架？政府有规定，不准打架。打架是犯法的。不怕罚款、不怕坐牢你就打吧！只要你敢打一下，我就把你请得到法院！"又向王聚海说："不要拦她！放开叫她打吧！"小腿疼一听说要出罚款要坐牢，手就软下来，不过嘴还不软。她说："我不是要打你！我是要问问你政府规定过叫你骂人没有？""我什么时候骂过你？""白纸黑字贴在墙上你还昧得了？"王聚海说："这老嫂！人家提你的名字没有？"小腿疼马上顶回来说："只要不提名就该骂是不是？要可以骂我可就天天骂哩！"杨小四说："问题不在提名不提名，要说清楚的是骂你来没有！我写的有哪一句不实，就算我是骂你！你举出来！我写的是有个缺点，那就是不该没有提你们的名字。我本来提着的，主任建议叫我去了。你要嫌我写得不全，我给你把名字加上好了！""你还嫌骂得不痛快呀？加吧！你又是副主任，你又会写，还有我这不识字的老百姓活的哩？"支书王镇海站起来说："老嫂，你是说理不说理？要说理，等到辩论会上找个人把大字报一句一句念给你听，你认为哪里写得不对许你驳他！不能这样满脑一把抓来派人家的不是！谁不叫你活了？""你们都是官官相卫，我跟你们说什么理？我要骂！谁给我出大字报叫他死绝了根！叫狼吃得他不剩个血盘儿，叫……"支书认真地说："大字报是毛主席叫贴的！你实在要不说理要这样发疯，这么大个社也不是没有办法治你！"回头向大家说："来两个人把她送乡政府！"看的人们早有几个人忍不住了，听支书一说，马上跳出五六个人来把她围上，其中有两个人拉住她两条胳膊就要走。这时候，主任王聚海却拦住说："等一等！这么一点事哪里值得去麻烦乡政府一趟？"大家早就想让小腿疼去受点教训，见王聚海一拦，都觉得泄气，不过他是主任，也只好听他的。小腿疼见真要送她走，已经有点胆怯，后来经主任这么一拦就放了心。她定了定神，看到局势稳定了，就强鼓着气说了几句似乎是光荣退兵的话："不要拦他们！让他们送吧！看乡政府能不能拔了我的舌头！"王聚海认为已经到了收场的时候，就拉长了调子向小腿疼说："老嫂！你且回去吧！没有到不了底的事！我们现在要布置明天的生产工作，等过两天再给你们解释解释！""什么解释解释？一定得说个过来过去！""好好好！就说个过来过去！"杨小四说："主任你的话是怎么说着的？人家闹到咱的会场来了，还要给人家赔情是不是？"小腿疼怕杨小四和支书王镇海再把王聚海说倒了弄得自己不得退场，就赶紧抢了个空子和王聚海说："我可走了！事情是你承担着的！可不许平白白地拉倒啊！"说完了抽身就走，跑出门去才想起来没有装腿疼。

主任王聚海是个老中农出身，早在抗日战争以前就好给人和解个争端，人们常说他是个会和稀泥的人；在抗日战争中八路军来了以后他当过村长，做各种动员工作都还有点办法；在土改时候，地主几次要收买他，都被他拒绝了，村支部见他对斗争地主还坚决，就吸收他入了党；"争先农业社"成立时候，又把他选为社主任，好几年来，因为照顾他这老资格，一直连选连任。他好研究每个人的"性格"，主张按性格用人，可惜不懂得有些坏性格一定得改造过来。他给人们平息争端主张"和事不表理"，只求得"了事"就算。他以为凡是懂得他这一套的人就当得了干部，不能照他这一套来办事的人就都还得"锻炼锻炼"。例如在一九五五年党内外都有人提出可以把杨小四选成副主任，他却说"不行不行，还得好好锻炼几年"，直到本年（一九五七年）改选时候他还坚持他的意见，可是大多数人都说杨小四要比他还强，结果选举的票数和他得了个平。小四当了副主任之后，他可是什么事也不靠小四做，并且常说："年轻人，随在管委会里'锻炼锻炼'再说吧！"又如社章上规定要有个妇女副主任，在他看来那也是多余的。他说："叫妇女们闹事可以，想叫她们办事呀，连门都找不着！"因为人家别的社里每社都有那么一个人，他也没法坚持他的主张，结果在选举时候还是选了第三队里的高秀兰来当女副主任。他对高秀兰和对杨小四还有区别，以为小四还可以"锻炼锻炼"，秀兰连"锻炼"也没法"锻炼"，因此除了在全体管委会议的时候按名单通知秀兰来参加以外，在其他主干碰头的会上就根本想不起来还有秀兰那么个人。不过高秀兰可没有忘了他。就在这次整风开始，高秀兰给他贴过这样一张大字报：

争先社，难争先，因为主任太主观：
只信自己有本事，常说别人欠锻炼；
大小事情都包揽，不肯交给别人干，
一天起来忙到晚，办的事情很有限。
遇上社员有争端，他在中间赔笑脸，
只求说个八面圆，谁是谁非不评断，
有的没理沾了光，感谢主任多照看，
有的有理受了屈，只把苦水往下咽。
正气碰了墙，邪气遮了天，
有力没处使，谁还肯争先？
希望王主任，来个大转变：
办事靠集体，说理分长短，
多听群众话，免得耍光杆！

高秀兰写

他看了这张大字报，冷不防也吃了一惊，不过他的气派大，不像小腿疼那样马上叽叽喳喳乱吵，只是定了定神仍然摆出长辈的口气来说："没想到秀兰这孩子还是个有出息的，以后好好'锻炼锻炼'还许能给社里办点事。"王聚海就是这样一个人。

杨小四给小腿疼和吃不饱出的那张大字报，在才写成稿子没有誊清以前，征求过王聚海的意见。王聚海坚决主张不要出。他说："什么病要吃什么药，这两个人吃软不吃硬。你要给她们出上这么一张大字报，保证她们要跟你闹麻烦；实在想出的话，也应该把她们的名字去了。"杨小四又征求支书王镇海的意见，并且把主任的话告诉了支书，支书说："怕麻烦就不要整风！至于名字写不写都行，一贴出去谁也知道指的是谁！"杨小四为了照顾王聚海的老面子，又改了两句，只把那两个人的名字去了，内容一点也没有变，就贴出去了。

当小腿疼一进社房来扑杨小四，王聚海一边拦着她，一边暗自埋怨杨小四："看你惹下麻烦了没有？都只怨不听我的话！"等到大家要往乡政府送小腿疼，被他拦住用好话把小腿疼劝回去之后，他又暗自夸奖他自己的本领："试试谁会办事？要不是我在，事情准闹大了！"可是他没有想到当小腿疼走出去、看热闹的也散了之后，支书批评他说："聚海哥！人家给你提过那么多意见，你怎么还是这样无原则？要不把这样无法无天的人的气焰打下去，这整风工作还怎么往下做呀？"他听了这几句批评觉着很伤心。他想："你们闹下了事自己没法了局，我给你们做了开解，倒反落下不是了？"不过他摸得着支书的"性格"是"认理不认人，不怕不了事"的，所以他没有把真心话说出来，只勉强承认说："算了算了！都算我的错！咱们还是快点布置一下明后天的生产工作吧!"

　　一谈起布置生产来,支书又说:"生产和整风是分不开的。现在快上冻了,妇女大半不上地,棉花摘不下来,花秆拔不了,牲口闲站着,地不能犁,要不整风,怎么能把这种情况变过来呢?"主任王聚海说:"整风是个慢工夫,一两天也不能转变个什么样子;最救急的办法,还是根据去年的经验,把定额减一减——把摘八斤籽棉顶一个工,改成六斤一个工,明天马上就能把大部分人动员起来!"支书说:"事情就坏到去年那个经验上!现在一天摘十斤也摘得够,可是你去年改过那么一下,把那些自私自利的人改得心高了,老在家里等那个便宜。这种落后思想照顾不得!去年改成六斤,今年她们会要求改成五斤,明年会要求改成四斤!"杨小四说:"那样也就对不住人家进步的妇女!明天要减了定额,这几天的工分你怎么给人家算?一个多月以前定额是二十斤,实际能摘到四十斤,落后的抢着摘棉花,叫人家进步的去割谷,就已经亏了人家;如今摘三遍棉花,人家又按八斤定额摘了十来天了,你再把定额改小了让落后的来抢,那像话吗?"王聚海说:"不改定额也行,那就得个别动员。会动员的话,不论哪一个都能动员出来,可惜大家在做动员工作方面都没有'锻炼',我一个人又只有一张嘴,所以工作不好做……"接着他就举出好多例子,说哪个媳妇爱听人夸她的手快,哪个老婆爱听人说她干净……只要摸得着人的"性格",几句话就能说得她愿意听你的话。他正唠唠叨叨举着例子,支书打断他的话说:"够了够了!只要克服了资本主义思想,什么'性格'的人都能动员出来!"

　　话才说到这里,乡政府来送通知,要主任和支书带两天给养马上到乡政府集合,然后到城关一个社里参观整风大辩论。两个人看了通知，主任说："怎么办？"支书说："去！""生产？""交给副主任！"主任看了看杨小四，带着讽刺的口气说："小四！生产交给你！支书说过，'生产和整风分不开'，怎样布置都由你！""还有人家高秀兰哩！""你和她商量去吧！"

主任和支书走后，杨小四去找高秀兰和副支书，三个人商量了一下，晚上召开了个社员大会。

人们快要集合齐了的时候，向来不参加会的小腿疼和吃不饱也来了。当她们走近人群的时候，吃不饱推着小腿疼的脊背说："快去快去！凑他们都还没有开口！"她把小腿疼推进了场，她自己却只坐在圈外。一队的队长王盈海看见她们两个来得不大正派，又见小腿疼被推进场去以后要直奔主席台，就趁了两步过来拦住她说："你又要干什么？""干什么？今天晌午的事你又不是不知道！先得把小四骂我的事说清楚，要不今天晚上的会开不好！"前边提过，王盈海也是小腿疼的一个本家小叔子，说话要比王聚海、王镇海都尖刻。王盈海当了队长，小腿疼虽然能借着个叔嫂关系跟他要无赖，不过有时候还怕他三分。王盈海见小腿疼的话头来得十分无理，怕她再把个会场搅乱了，就用话顶住她说："你的兴就还没有败透？人家什么地方屈说了你？你的腿到底疼不疼？""疼不疼你管不着！""编在我队里我就要管你！说你腿疼哩，闹起事来你比谁跑得也快；说你不疼哩，你却连饭也不能做，把个媳妇拖得上不了地！人家给你写了张大字报，你就跟被蝎子蜇了一下一样，叽叽喳喳乱叫喊！叫吧！越叫越多！再要不改造，大字报会把你的大门上也贴满了！"这样一顶，果然有效，把个小腿疼顶得关上嗓门慢慢退出场外和吃不饱坐到一起去。杨小四看见小腿疼息了虎威，悄悄和高秀兰说："咱们主任对小腿疼的'性格'摸得还是不太透。他说小腿疼是'吃软不吃硬'，我看一队长这'硬'的比他那'软'的更有效些。"

宣布开会了，副支书先讲了几句话说："支书和主任今天走得很急促，没有顾上详细安排整风工作怎样继续进行。今天下午我和两位副主任商议了一下，决定今天晚上暂且不开整风会，先来布置明天的生产。明天晚上继续整风，开分组检讨会。谁来检讨、检讨什么，得等到明天另外决定。我不说什么了，请副主任谈生产吧！"副支书说了这么几句简单的话就坐下了。有个人提议说："最好是先把检讨人和检讨什么宣布一下，好让大家准备准备！"副支书又站起来说："我们还没有商量好，还是等明天再说吧！"

接着就是杨小四讲话。他说："咱们现在的生产问题，大家都看得很清楚：棉花摘不下来，花秆拔不了，牲口闲站着，地不能犁，再过几天地一冻，秋杀地就算误了。摘完了的棉花秆，断不了还要丢了一星半点，拔在秆上熏了肥料，觉着很可惜；要让大家自由拾一拾吧，还有好多三遍花没有摘，说不定有些手不干净的人要偷偷摸摸的。我们下午商量了一下，决定明后两天，由各队妇女副队长带领各队妇女，有组织地自由拾花；各队队长带领男劳力，在拾过自由花的地里拔花秆，把这一部分地腾清以后，先让牲口犁着，然后再摘那没有摘过三遍的花。为了防止偷花的毛病，现在要宣布几条纪律：第一、明天早晨各队正副队长带领全队队员到村外南池边犁过的那块地里集合，听候分配地点。第二、各队妇女只准到指定地点拾花，不许乱跑。第三、谁要不到南池边集合，或者不往指定地点，拾的花就算偷的，还按社里原来的规定，见一斤扣除五个劳动日的工分，不愿叫扣除的送到法院去改造。完了！散会！"

大会没有开够十分钟就散了，会后大家纷纷议论。有的说："青年人究竟没有经验！就定一百条纪律，该偷的还是要偷！"有的说："队长有什么用？去年拾自由花，有些妇女队长也偷过！"有的说："年轻人可有点火气，真要处罚几个人，也就没人敢偷了"有的说："他们不过替人家当两天家，不论说得多么认真，王聚海回来还不是平塌塌地又放下了？"准备偷花的妇女们，也互相交换着意见："他想得倒周全，一分开队咱们就散开，看谁还管得住谁？""分给咱们个好地方咱们就去，要分到没出息的地方，干脆都不要跟上队长走！""他一只手拖一个，两只手拖两个，还能把咱们都拖住？""我们的队长也不那么老实！"……

"新官上任，不摸秉性"，议论尽管议论，第二天早晨都还得到村外南池边那块犁过的地里集合。

要来的人都来到犁耙得很平整的这块地里来坐下，村里再没有往这里走的人了，小四、秀兰和副支书一看，平常装病、装忙、装饿的那些妇女们这时候差不多也都到齐，可是小腿疼和吃不饱两个有名人物没有来。他们三个人互相看了看，秀兰说："大概是一张大字报真把人家两个人惹恼了！"大家又稍微等了一下，小四说："不等她们了，咱们就按咱们的计划来吧！"他走到面向群众那一边说："各队先查点一下人数，看一共来了多少人！男女分别计算！"各个队长查点了一遍，把数字报告上来。小四又说："请各队长到前边来，咱们先商量一下！"各队长都集中到他们三个人跟前来。小四和各队长低声说了几句话，各个队长一听都大笑起来，笑过之后，依小四的吩咐坐在一边。

　　小四开始讲话了。小四说："今天大家来得这样齐整，我很高兴。这几天，队长每天去动员人摘花，可是说来说去，来的还是那几个人，不来的又都各有理由：有的说病了，有的说孩子病了，有的说家里忙得离不开……指东划西不出来，今天一听说自由拾花大家就什么事也没有了！这不明明是自私自利思想作怪吗？摘头遍花能超过定额一倍的时候，大家也是这样来得整齐。你们想想：平常活叫别人做，有了便宜你们讨，人家长年在地里劳动的人吃你们多少亏？你们真是想'拾'花吗？一个人一天拾不到一斤籽棉，值上两三毛钱，五天也赚不够一个劳动日，谁有那么傻瓜？老实说：愿意拾花的根本就是想偷花！今年不能像去年，多数人种地让少数人偷！花秆上丢的那一点棉花不拾了，把花秆拔下来堆在地边让每天下午小学生下了课来拾一拾，拾过了再熏肥。今天来了的人一个也不许回去！妇女们各队到各队地里摘三遍花，定额不动，仍是八斤一个劳动日；男人们除了往麦地担粪的还去担粪，其余到各队摘尽了花的地里拔花秆！我的话讲完了！副支书还要讲话！"有一个媳妇站起来说："副主任！我不说瞎话！我今天不能去！我孩子的病还没有好！不信你去看看！"小四打断她的话说："我不看！孩子病不好你为什么能来？""本来就不能来，因为……""因为听说要自由拾花！本来不能来你怎么来的？天天叫也叫不到地，今天没有人去叫你，你怎么就来了？副支书马上就要跟你们讲这些事！"这个媳妇再没有说的，还有几个也想找理由请假，见她受了碰，也都没有敢开口。她们也想到悄悄溜走，可是坐在村外一块犁过的地里，各个队长又都坐在通到村里去的路上，谁动一动都看得见，想跑也跑不了。

副支书站起来讲话了。他说："我要说的话很简单：有人昨天晚上要我把今天的分组检讨会布置一下，把检讨人和检讨什么告大家说，让大家好准备。现在我可以告大家说了：检讨人就是每天不来今天来的人，检讨的事就是'为什么只顾自己不顾社'。现在先请各队的记工员把每天不来今天来的人开个名单。"

一会，名单也开完了，小四说："准也不准回村去！谁要是半路偷跑了，或者下午不来了，把大字报给她出到乡政府！"秀兰插话说："我们三队的地在村北哩，不回村怎么过去？"小四向三队队长张太和说："太和！你和你的副队长把人带过村去，到村北路上再查点一下，一个也不准回去！各队干各队的事！散会！"

在散会中间又有些小议论："小四比聚海有办法！""想得出来干得出来！""这伙懒婆娘可叫小四给整住了！""也不止小四一个，他们三个人早就套好了！""聚海只学过内科，这些年轻人能动手术！""聚海的内科也不行，根本治不了病！""可惜小腿疼和吃不饱没有来！"……说着就都走开了。

第三队通过了村，到了村北的路上，队长查点过人数，就往村北的杏树底地里来。这地方有两丈来高一个土岗，有一棵老杏树就长在这土岗上，围着这土岗南、东、北三面有二十来亩地在成立农业社以后连成了一块，这一年种的是棉花，东南两面向阳地方的棉花已经摘尽了，只有北面因为背阴点，第三遍花还没有摘。他们走到这块地里，把男劳力和高秀兰那样强一点的女劳力留在南头拔花秆，让妇女队长带着软一点的女劳力上北头去摘花。

妇女们绕过了南边和东边快要往北边转弯了，看见有四个妇女早在这块地里摘花，其中有小腿疼和吃不饱两个人。大家停住了步，妇女队长正要喊叫，有个妇女向她摆摆手低声说："队长不要叫她们！你一叫她们不拾了！咱们也装成自由拾花的样子慢慢往那边去！到那里咱们摘咱们的，她们拾她们的！让她们多拾一点处理起来也有个分量！"妇女队长说："我说她们怎么没有出来？原来早来了！"另一个不常下地的妇女说："吃不饱昨天夜里散会以后，就去跟我商量过不要到南池边去集合，早一点往地里去，我没有敢听她的话。"大家都想和小腿疼她们开开玩笑，就都装作拾花的样子，一边在摘过的空花秆上拾着零花，一边往北边走。

　　原来头天晚上开会时候，小腿疼没有闹起事来，不是就退出场外和吃不饱坐在一起了吗？她们一听到第二天叫自由拾花，吃不饱就对住小腿疼的耳朵说："大婶！咱明天可不要管他那什么纪律！咱们叫上几个人天不明就走，赶她们到地，咱们就能弄他好几斤！她们到南池边集合，咱们到村北杏树底去，谁也碰不上谁；赶她们也到杏树底来咱们跟她们一块儿拾。拾东西谁也不能不偷，她们一偷，就不敢去告咱们的状了！"小腿疼说："我也是这么想！什么纪律？犯纪律的多哩！处理过谁？光咱们两人去多好！不要叫别人！""要叫几个人，犯了也有个垫背的；不过也不要叫得太多，太多了轮到一个人手里东西就不多了！"她们一共叫过五个人，不过有三个没有敢来，临出发只来了两个，就相跟着到杏树底来了。她们正在五六亩大的没有摘过三遍花的地里偷得起劲，听见有人说话，抬头一看，见三队的妇女都来了，就溜到摘过的这一边来；后来见三队的人也到没有摘过的那边去了，她们就又溜回去。三队的人都哈哈大笑起来。小腿疼说："笑什么？许你们偷不许我们偷！"有个人说："你们

怎么拾了那么多？""谁不叫你们早点来？"三队的人都是挨着摘，小
腿疼她们四个人可是满地跑着拣好的。三队有个人说："要偷也该挨
住片偷呀！"小腿疼说："自由拾花你管我们怎么拾哩？要说是偷，
你们不也是偷吗？"大家也不认真和她辩论，有些人隔一阵还忍不住
要笑一次。

妇女队长悄悄和一个队员说："这样一直开玩笑也不大好。我离
开怕她们闹起来，请你跑到南头去和队长、副主任说一声，叫他们
看该怎么办！"那个队员就去了。

队长张太和更是个开玩笑大王。他一听说小腿疼和吃不饱那两
个有名人物来了，好像有点幸灾乐祸的样子说："来了才合理！我早
就想到这些人物碰上这些机会不会不出马！你先回去摘花，我马上
就到！"他又向高秀兰说："副主任！你先不要出面，等我把她们整
住了请你你再去！你把你的上级架子扎得硬硬地！"可是高秀兰不愿
意那样做。高秀兰说："咱们都是才学着办事，还是正正经经来吧！
咱们一同去！"他们走到北头，队员们看见副主任和队长都来了，又
都大笑起来。张太和依照高秀兰的意见，很正经地说："大家不要笑
了！你们那几位也不要满地跑了！"小腿疼又要她的厉害："自由拾
花！你管不着！""就算自由拾花吧！你们来抢我三队的花，我就要
管！都先把篮子缴给我！"吃不饱说："我可是三队的！三队的花许
别人偷就得许我偷！要缴大家都交出来！"张太和说："谁也得缴！"
说着就先把她们四个人的篮子夺下来，然后就问她们说："你们为什
么不到南池边集合？"吃不饱说："你且不要问这个！你不是说'谁
也得缴'吗？为什么不缴她们的？""她们是给社里摘！""我们也是
给社里摘！""谁叫你们摘的？""谁叫她们摘的？""对！现在就先要

给你们讲明是谁叫她们摘的！"接着就把在南池边集合的时候那一段事给她们四个讲述了一遍，讲得她们都软下来。小腿疼说："不叫拾不拾算了！谁叫你们不先告我们说？""不告说为什么还叫到南池边集合？告你说你不去听，别人有什么办法？"小腿疼说："算我们白拾了一趟！你们把花倒下，给我们篮子我们走！"

这时候，高秀兰说话了。她说："事情不那么简单：事前宣布纪律，为的是让大家不犯，犯了可就不能随便了事！这棉花分明是偷的。太和同志！把这些棉花送回社里，过一过秤，让保管给她们每一个篮子上贴上个条子，写明她们的姓名和棉花的分量，连篮子一同保存起来，等以后开个社员大会，让大家商量一个处理办法来处理！"张太和把四个篮子拿起来走了，小腿疼说："秀兰呀！你可不能说我们是偷的！我们真正不知道你们今天早上变了卦！"秀兰说："我们一点也没有变卦！昨天晚上杨小四同志给大家说得明白：'谁要不到南池边集合，拾的花就都算偷的'，何况你们明明白白在没有摘过的地里来抢哩？这是妨碍全社利益的事，我们不能自作主张，准备交给群众讨论个处理办法！你们有什么话到社员大会上说去吧！"

小腿疼和吃不饱偷了棉花的事，等到吃早饭的时候，就传遍了全村。上午，各队在做活的时候提起这事，差不多都要求把整风的分组检讨会推迟一天，先在本天晚上开个社员大会处理偷花问题——因为大多数人都想叫在王聚海回来之前处理了，免得他回来再来个"八面圆"把问题平放下来。两个副主任接受了大家的要求，和副支书商量把整风会推迟一天，晚上就召开了处理偷花问题的社员大会。

大会开了。会议的项目是先由高秀兰报告捉住四个偷花贼的经过，再要她们四个人坦白交代，然后讨论处理办法。

在她们四个人坦白交代的时候，因为篮子和偷的棉花都还在社里，爱"了事"的主任又不在家，所以除了小腿疼还想找一点巧辩的理由外，一般都还交代得老实。前头是那两个垫背的交代的。一个说是她头天晚上没有参加会，小腿疼约她去她就去了，去到杏树底见地里没有人，根本没有到已经摘尽了的地里去拾，四个人一去，就跑到北头没摘过的地里去了。另一个说得和第一个大体相同，不过她自己是吃不饱约她的。这两个人交代过之后，群众中另有三个人插话说小腿疼和吃不饱也约过她们，她们没有敢去。第三个就叫吃不饱交代。吃不饱见大风已经倒了，老老实实把她怎样和小腿疼商量，怎样去拉垫背的、计划几时出发、往哪块地去……详细谈了一遍。有人追问她拉垫背的有什么用处，她说根据主任处理问题的习惯，犯案的人越多了处理得越轻，有时候就不处理；不过人越多了，每个人能偷到的东西就太少了，所以最好是少拉几个，既不孤单又能落下东西。她可以算是摸着主任的"性格"了。

最后轮着小腿疼做交代了。主席杨小四之所以把她排在最后，就是因为她好倚老卖老来巧辩，所以让别人先把事实摆一摆来减少她一些巧辩的机会。可是这个小老太婆真有两下子，有理没理总想争个盛气。她装作很受屈的样子说："说什么？算我偷了花还不行？"有人问她："怎么'算'你偷了？你究竟偷了没有？""偷了！偷也是副主任叫我偷的！"主席杨小四说："哪个副主任叫你偷的？""就是你！昨天晚上在大会上说叫大家拾花，过了一夜怎么就不算了？你是说话呀是放屁哩?"她一骂出来,没有等小四答话,群众就有一半以上的人"哗"地一下站起来:"你要起反!""叫你坦白呀叫你骂人?"……三队长张太和说:"我提议:想坦白也不让她坦白了!干脆送法院!"大家一齐喊"赞成"。小腿疼着了慌,头像货郎鼓一样转来转去四下看。她的孩子、媳妇见说要送她也都慌了。孩子劝她说:"娘你快交代呀!"小四向大家说:"请大家稍静一下!"然后又向小腿疼说:"最后问你一次:交代不交代?马上答应,不交代就送走!没有什么客气的!""交交交代什么呀?""随你的便!想骂你就再骂!""不不不那是我一句话说错了!我交代!"小四问大家说:"怎么样?就让她交代交代看吧?""好吧!"大家答应着又都坐下了。小腿疼喘了几口气说:"我也不会说什么,反正自己做错了!事情和宝珠说的差不多:昨天晚上快散会的时候,宝珠跟我说:'咱明天可不要管他那什么纪律!咱们叫上几个人……'"

这时候忽然出了点小岔子:城关那个整风辩论会提前开了半天,支书和主任摸了几里黑路赶回来了。他们见场里有灯光,预料是开会,没有回家就先到会场上来。主任远远看见小腿疼先朝着小四说话然后又转向群众,以为还是争论那张大字报的问题,就赶了几步赶进场里,根本也没有听小腿疼正说什么,就拦住她说:"回去吧老嫂!一点点小事还值得追这么紧?过几天给你们解释解释就完了……"大家初看见他进到会场时候本来已经觉得有点泄气,赶听到他这几句话,才知道他还根本不了解情况,"轰隆"一声都笑了。有个年纪老一点的人说:"主任!你且坐下来歇歇吧!'没有调查就没有发言权!'"支书也拉住他说:"咱们打听打听再说话吧!离开一天多了,你知道人家的工作是怎样安排的?"主任觉得很没意思,就和支书一同坐下。

小腿疼见主任王聚海一回来，马上长了精神。她不接着往下交代了。她离开自己站的地方走到王聚海面前说："老弟呀！你走了一天，人家就快把你这没出息嫂嫂摆弄死了！"她来了这一下，群众马上又都站起来："你不用装蒜！""你犯了法谁也替不了你！"……主任站起来走到小四旁边面向大家说："大家请坐下！我先给大家谈谈！没有了不了的事……"有人说："你请坐下！我们今天没有选你当主席。""这个事我们会'了'！"……支书急了，又把主任拉住说："你为什么这么肯了事？先打听一下情况好不好？让人家开会，我们到社房休息休息！"又向副支书说："你要抽出得身来的话，抽空子到社房给我们谈谈这两天的事！"副支书说："可以！现在就行！"

他们三个离了会场到社房，副支书把他和杨小四、高秀兰怎样设计把那些光思讨巧不想劳动的妇女调到南池边，怎样批评了她们，怎样分配人力摘花、拔花秆，怎样碰上小腿疼她们偷花……详细谈了一遍，并且说："棉花明天就可以摘完，今天下午犁地的牲口就全部出动了，花秆拔得赶得上犁，剩下的男劳力仍然往准备冬浇的小麦地里运粪。"他报告完了情况，就先赶回会场去。

副支书走了，支书想了一想说："这些年轻人还是有办法！做法虽说有点开玩笑，可是也解决了问题！"主任说："我看那种动员办法不可靠！不捉摸每个人的'性格'，勉强动员到地里去，能做多少活哩？""再不要相信你摸得着人的'性格'了！我看人家几个年轻同志非常摸得着人的'性格'。那些不好动员的妇女们有她们的共同'性格'，那就是'偷懒''取巧'。正因为摸透了她们这种性格，才把她们都调动出来。人家不只'摸得着'这种性格，还能'改变'

这种性格。你想：开了那么一个'思想展览会'，把她们的坏思想抖出来了，她们还能原封收回去吗？你说人家动员的人不能做活，可是棉花是靠那些人摘下来的。用人家的办法两天就能摘完，要仍用你那'摸性格'的老办法，恐怕十天也摘不完——越摘人越少。在整风方面，人家一来就找着两个自私自利的头子，你除不帮忙，还要替人家'解释解释'。你就没有想到全社的妇女你连一半人数也没有领导起来，另一半就是咱那个小腿疼嫂嫂和李宝珠领导着的！我的老哥！我看你还是跟那几位年轻同志在一块'锻炼锻炼'吧！"主任无话可说了，支书拉住他说："咱们去看看人家怎么处理这偷花问题。"

他们又走到会场时候，小腿疼正向小四求情。小腿疼说："副主任！你就让我再交代交代吧！"原来自她说了大家"捉弄"了她以后，大家就不让她再交代，只讨论了对另外三个人的处分问题，留下她准备往法院送。有个人看见主任来了，就故意讽刺小腿疼说："不要要求交代了！那不是？主任又来了！"主任说："不要说我！我来不来你们该怎么办还怎么办！刚才怨我太主观，不了解情况先说话！"小腿疼也抢着说："只要大家准我交代，不论谁来了我也交代！"小腿疼看了看群众，群众不说话；看了看副支书和两个副主任，这三个人也不说话。群众看了看主任，主任不说话；看了看支书，支书也不说话。全场冷了一下以后，小腿疼的孩子站起来说："主席！我替我娘求个情！还是准她交代好不好？"小四看了看这青年，又看了看大家说："怎么样？大家说！"有个老汉说："我提议，看到孩子的面上还让她交代吧！"又有人接着说："要不就让她说吧！"小四又问："大家看怎么样？"有些人也答应："就让她说吧！"

"叫她说说试试！"……小腿疼见大家放了话，因为怕进法院，恨不得把她那些对不起大家的事都说出来，所以坦白得很彻底。她说完了，大家决定也按一斤籽棉五个劳动日处理，不过也跟给吃不饱规定的条件一样，说这工一定得她做，不许用孩子的工分来顶。

散会以后，支书走在路上和主任说："你说那两个人'吃软不吃硬'，你可算没有摸透她们的'性格'吧？要不是你的认识给她们撑了腰，她们早就不敢那么猖狂了！所以我说你还是得'锻炼锻炼'！"

——1958 年 7 月 14 日

选自《火花》1958 年第 8 期

作家的话 ◇◇

关于《"锻炼锻炼"》的争论，基本观点有两种，一种是实事求是，一种是用概念。从概念出发，他就会提出"这像社会主义的新农村吗？"这样的问题。其实，这不是像不像的问题。你跑去看一看吧，你跟我到一个大队去住一个月吧，你就不会这样提问题了。如果凭空在想：既然合作化这么久了，农村还有这种情况？这就没法说了。……1955 年以前，农村有一半还是单干户，合作化到今天，才五年多一点时间，怎么会没有"小腿疼""吃不饱"呢？所以，这种争论首先得有根据，没有根据就是瞎说。农村大队是把"吃不饱""小腿疼"当作讽刺教育的对象，说自己队里那些人是"小腿疼"，等等，说明这样写还是有作用的。对浮夸，我真恨死了，这是从一九五六年开始的，我能写上十来八万字，但目前还不能写，外国人要翻译。

《在长春电影制片厂电影剧作讲习班上的讲话》

评论家的话 ◈

　　1958年，赵树理面对的是农村集体化后问题百出的现状：强迫性的集体化劳动和农民自发维护生存权利间的冲突，干部中粗暴对待农民的恶劣作风和比较注意具体情况具体对待的老实作风之间的冲突，以及天灾人祸下农民生活的贫困（吃不饱）和劳动积极性的普遍低下（小腿疼），等等。面对这举世滔滔的浊浪，赵树理不可能与"大跃进"以来的极左路线（主流意识形态）作直接对抗，但作为一个自觉的民间代言人，他又不能不如实反映这种现状。这个文本很复杂，哪一方仗势欺负农民不把人当人？哪一方无权无势，告状无门，处处被欺凌？现在经过"文革"浩劫的读者当然是能够明白了。虽然作家当时的主观倾向仍站在主流意识形态一边，但在他的笔底下，民间发出了极其激越、刻毒的不平之声，小腿疼最后几句从心底里迸发出来的咒骂，在我读来，正是"时日偈丧，予与汝皆亡"式的现代变风。联系1958年极左路线在农村造成的灾难，这种民间的声音真正体现了现实主义的胆识和勇气。

陈思和：《民间的沉浮：从抗战到
"文革"文学史的一个解释》

杨 沫

选 择（《青春之歌》节选）

　　杨沫，原名杨成业，又名杨君默、杨默。1914 年生于北京，祖籍湖南湘阴。1928 年考入北平温泉女子中学，三年后辍学，曾在河北香河、定县教书，在北平当家庭教师和书店店员，并到北京大学旁听。1934 年起开始发表文学创作。1950 年发表描写抗战生活的中篇小说《苇塘纪事》。1958 年出版《青春之歌》，引起争论。"文革"结束后，又出版了《东方欲晓》，《青春之歌》的续集《芳菲之歌》《英华之歌》及"文革"日记《自白——我的日记》等。1997 年在北京去世。

　　《青春之歌》1958 年由作家出版社出版。后经作者修改，从三十万字增至四十余万字，由人民文学出版社出版。作品描写青年知识分子林道静的成长过程。林道静因追求个性解放，反抗家庭包办婚姻，被逼跳海自尽，北大学生余永泽救起她后，两人相爱。九一八事变后，林道静结识共产党员卢嘉川，受其影响在学校宣传爱国思想，引起校方注意，逃回北平，与余永泽同居。林道静因寄发共产党的传单，受到余永泽干涉，两人关系破裂。又因散发传单被绑架，假释后离开北平到定县教书。共产党员江华以林道静作掩护，在定县开展农民运动，因叛徒破坏，两人先后回到北平。林道静再一次入狱，同学王晓燕请父母出面将她保出，她加入共产党，却传来了卢嘉川牺牲的消息。全面抗战开始后，江华受命领导北平的学生运动，林道静被派到北大负责学运工作。在共同的工作中，林道静与江华结成伴侣。轰动全国的"一二·九"和"一二·一六"运动，把抗日的烈火燃遍全国。本书节选小说的第十二、十三、十八章的有关片段，着重描写林道静在婚姻和事业道路上的选择。标题为编者所加。

黎明前，道静回到自己冷清的小屋里。疲倦、想睡，但是倒在床上却怎么也睡不着。除夕的鞭炮搅扰着她，这一夜的生活，像突然的暴风雨袭击着她。她一个个想着这些又生疏又亲切的面影，卢嘉川、罗大方、许宁、崔秀玉、白莉苹……都是多么可爱的人呵，他们都有一颗热烈的心，这心是在寻找祖国的出路，是在引人去过真正的生活。……想着这一夜的情景，想着和卢嘉川的许多谈话，她紧抱双臂，望着发白的窗纸忍不住独自微笑了。

二踢脚和小挂鞭响得正欢，白莉苹的小洋炉子也正旺，时间到了夜间两点钟，可是这屋子里的年轻人还有的在高谈，有的在玩耍，许宁和小崔跑到院子里放起鞭炮；罗大方和白莉苹坐在床边小声谈着、争论着，他似乎在劝说白莉苹什么，白莉苹哭了。罗大方的样子也很烦闷。后来他独自靠在床边不再说话，白莉苹就找许宁他们玩去了。听说罗大方原是白莉苹的爱人，不知怎的，他们当中似乎发生了不愉快的事情，因此两个人都显得怪别扭。

道静和卢嘉川两个人一直同坐在一个角落里谈着话。从短短的几个钟点的观察中，道静竟特别喜欢起她这个新朋友了。他诚恳、机敏、活泼、热情。他对国家大事的卓见更是道静从来没有听见过的。他们坐在一块，他对她谈话一直都是自然而亲切。他问她的家庭情况，问她的出身经历，还问了一些她想不到的思想和见解。她呢，她忽然丢掉了过去的矜持和沉默，一下子，好像对待老朋友一样把什么都倾心告诉了他。尤其使他感觉惊异的是：他的每一句问话或者每一句简单的解释，全给她的心灵开了一个窍门，全能使她对事情的真相了解得更清楚。于是她就不知疲倦地和他谈起来。

"卢兄，（她跟许宁一样地这样称呼他）你可以告诉我吗？红军和共产党是怎么回事？他们真是为人民为国家的吗？怎么有人骂他们——土匪？"

卢嘉川坐在阴影里，面上浮着一丝调皮的微笑。他慢慢回过头来，睁着亮亮的大眼睛看着她，说：

"偷东西的人最喜欢骂别人是贼；三妻四妾的道德家，最会攻击女人不守贞操；中国的统治者自己杀害了几十万青年，却说别人是杀人放火的强盗和土匪……这些你不明白吗？"

道静笑了。这个人多么富有风趣呀！她和他谈话就更加大胆和自由了。

"卢兄，"道静又发问道，"你刚才说青年人要斗争、要反抗才有出路，可是，我还有点不大相信。"

卢嘉川稍稍惊异地睁大了眼睛："怎么，你以为要当顺民才有出路么？"

道静低着头，摆弄着一条素白麻纱手绢。好像有些难过，她低声说："你不知道……我斗争过，我也反抗过，可是，我并没有找到出路。"

卢嘉川突然挥着手笑起来了。他笑得那么爽朗、诚恳，像对熟朋友一般地更加亲切和随便。

"原来如此！来，小林，我来给你打个比方。……"他看看一屋子喝酒畅谈的青年人都在一边说着、吃着，就用手比画着对道静说起来。"小林，这么说吧，一个木字是独木，两个木就成了你那个林。三个木变成巨大的森林时，那么，狂风再也吹不倒它们。你一个人孤身奋斗，当然只会碰钉子。可是当你投身到集体的斗争中，当你把个人的命运和广大群众的命运联结在一起的时候，那么，你，你就再也不是小林，而是——而是那巨大的森林啦。"

林道静忍不住地笑了起来："卢兄，你说话真有意思。过去，我是只想自己该有一个高尚的灵魂，别的事我真很少去想。今夜里，听了你们那些谈话，我忽然觉得自己好像……"

"好像什么？"

"好像个糊涂虫！"林道静天真地迸出了这句话，自己也不禁为在一个刚刚认识的男子面前竟放肆地说出这种话而吃惊了。

卢嘉川还是随便地笑道：

"大概，这是你在象牙之塔里住得太久的缘故。小林，在这个狂风暴雨的时代，你应当赶快从个人的小圈子走出来，看看这广大的世界——这世界是多么悲惨，可是又是多么美好……你赶快走出来看看吧！"

多么热情地关心别人，多么活泼洒脱，多么富于打开人的心灵的机智的谈话呵……道静越往下回忆，心头就越发快活而开朗。

"小林，你很纯洁、很直爽。"后来他又那么诚恳地赞扬了她，"你想知道许多各方面的事，那很好。我们今晚一下谈不清，我过一两天给你送些书来——你没有读过社会科学方面的书吧？可以读一读。还有苏联的文学著作也很好，你喜欢文艺，该读读《铁流》《毁灭》，还有高尔基的《母亲》。"

第一次听到有人鼓励自己读书，道静感激地望着那张英俊的脸。

他们谈得正高兴，白莉苹忽然插进嘴来：

"老卢，小林真是个诚实、有头脑的好孩子，可是咱们必须替她扔掉那个绊脚石。一朵鲜花插在牛粪上，真把她糟蹋啦。"

道静闹了个大红脸。她向白莉苹瞟了一眼，她真不喜欢有人在这个时候提到余永泽。

道静和白莉苹在深夜寒冷的马路上送着卢嘉川和罗大方。白莉苹和罗大方在一边谈着，道静和卢嘉川也边走边说：

"真糟糕！卢兄，我对于革命救国的道理真是一窍不通。明天，请你一定把书给我送来吧。"

"好的，一定送来。再见!"卢嘉川的两只手热烈地握着白莉苹和道静的手。多么奇怪，道静竟有点不愿和他们分别了。

"这是些多么聪明能干的人啊! ……"清晨的麻雀在窗外树上吱吱叫着，道静想到这儿微笑了。但是这时她也想起了余永泽。他放了寒假独自回家过年去了，和父母团聚去了。因为余敬唐的缘故，她不愿意回去，因此一个人留在公寓里，这才参加了这群流浪者的年夜。想到他，一种沉痛的感觉突然攫住了她的心。

"和他们一比……呵，我多么不幸!"她叹息着，使劲用棉被蒙住了头。……

余永泽在开学前，从家里回到北平来。他进门的第一眼，看见屋子里的床铺、书架、花盆、古董、锅灶全是老样儿一点没变，可是他的道静忽然变了！过去沉默寡言、常常忧郁不安的她，现在竟然坐在门边哼哼唧唧地唱着，好像一个活泼的小女孩。尤其使他吃惊的是她那双眼睛——过去它虽然美丽，但却呆滞无神，愁闷得像块乌云；现在呢，它放着欢乐的光彩，明亮得像秋天的湖水，里面还仿佛荡漾着迷人的幸福的光辉。

"看眼睛知道在恋爱的青年人。"余永泽想起《安娜·卡列尼娜》里面的一句话，灾祸的预感突然攫住了他。他不安地悄悄地看了她一会儿，趁着她出去买菜的当儿，他急急地在箱子里、抽屉里、书架上，甚至字纸篓里翻腾起来。当他别无所获，只看到几本"左"倾书籍放在桌上和床头时，他神经质地翻着眼珠，轻轻呻吟道：

"一定，一定有人在引诱她了。"

道静看见余永泽回来，高高兴兴地替他把饭预备好。他吃着的时候，她挨在他身边向他叙谈起她新认识的朋友、她思想上的变化和这些日子她心情上的愉快来。她想他是自己的爱人，什么事都不该隐瞒他。谁知余永泽听着听着忽然变了颜色。他放下饭碗，皱紧眉头说：

"静，想不到你变得这么快……"沉了半晌才接着说，"我，我要求你别这样——这是危险的。一顶红帽子往你头上一戴，要杀头的呀！"

一句话把道静招恼了。八字还没一撇，什么事也没做，不过认识几个新朋友，看了几本新书，就怕杀头！她鄙夷地盯着余永泽那困惑的眼色，半天才压住自己的恼火，激动地出乎自己意外地讲了她自己从没讲过的话：

"永泽，你干吗这么神经过敏呀？你也不满意腐朽的旧社会，你也知道日本人已经践踏了祖国的土地，为什么咱们就不该前进一步，做一点有益大众、有益国家的事呢？"

"我想，我想……"余永泽喃喃着，"静，我想，这不是我们能够为力的事。有政府，有军队，我们这些白面书生赤手空拳顶什么事呢？喊喊空口号谁不会？你知道我也参加过学生爱国运动，可这是过去的事了。现在——现在我想还是埋头读点书好。我们成家了，还是走稳当点的路好……"

"你真糊涂！"道静气愤地打断他的话，喊道，"你才是喊空口号呢！原来你就是这么个胆小鬼呀！"

余永泽用小眼睛瞪着道静，愣愣地半晌无言。忽然他脸色发白，双唇抽搐，把头埋在桌上猛烈地抽泣起来。他哭得这样伤心，比道静还伤心。他的痛苦，与其说是因为受了侮辱，还不如说是深深的嫉妒。

"……她、她变得残酷，这样的残酷，一定变心了。爱、爱上别人了。……"他一边流着泪，一边思量着。他认为，天下只有爱情才能使女人有所改变的。

吵过嘴，道静和余永泽虽然彼此有好几天都不大说话，可是她的心里还是很高兴的。她做饭洗衣也轻声哼着唱着，快乐的黑眉毛扬得高高的。完了事，就抱着书本贪婪地读着。一点钟、两点钟过去了，动也不动、头也不抬，那种专注的神情，好像早已忘掉了余永泽的存在和这间蜗居的滞闷。她的精神飞扬到广阔的世界里去了。可是余永泽呢，他这几天可没心思去上课，成天憋在小屋里窥伺着道静的动静。他暗打主意一定要探出她的秘密来。可是看她的神情那么坦率、自然，并无另有所欢的迹象，他又有点茫然了。

晚上，道静伏在桌上静静地读着列宁的《国家与革命》，做着笔记，加着圈点，疲乏的时候，她就拿起高尔基的《母亲》。她时时被那里面澎湃着的、对于未来幸福世界的无限热情激荡着、震撼着，她感到了从未有过的快乐与满足。可是余永泽呢？他局促在小屋里，百无聊赖，只好拾起他最近一年正在钻研的"国故"来。他抱出书本，挨在道静身边寻章摘句地读起来。一大叠线装书，排满了不大的三屉桌，读着读着，慢慢地，他也把全神贯注进去了。这时，他的心灵被牵回到遥远古代的浩瀚中，和许多古人、版本纠结在一起。当他疲倦了，休息一下，稍稍清醒过来的时候——"自立一家说"，——学者，——名流，——创造优裕的生活条件……许多幻想立刻涌上心来，鼓舞着他，使他又深深埋下了头。

道静呢，她不管许多理论书籍能不能消化，也不知如何去与实际结合，只是被奔腾的革命热情鼓舞着，渴望从书本上看到新的世界，找到她寻觅已久的真理。因此她也不知疲倦地读着。就这样，一今一古、一新一旧的两个青年人，每天晚上都各读各的直到深夜。自从大年初一卢嘉川给道静送来她从没读过的新书以后，她的思想认识就迅速地变化着；她的感受和情绪通过这些书籍也在迅速地变化着。多少年以后，她还清楚地记得卢嘉川给她阅读的第一本书名字叫《怎样研究新兴社会科学》。在大年初一的深夜里，她躺在被窝里，忍住寒冷——煤球炉子早熄灭了，透风的墙壁刮进了凛冽的寒风。但她兴奋地读着、读着，读了一整夜，直到把这本小册子一气读完。

卢嘉川给她的仅仅是四本用马克思列宁主义理论写成的一般社会科学的书籍，道静一个人藏在屋子里专心致志地读了五天。可是想不到这五天对她的一生却起了巨大的作用——从这里，她看出了人类社会的发展前途；从这里，她看见了真理的光芒和她个人所应走的道路；从这里，她明白了"朱门酒肉臭，路有冻死骨"的原因，明白了她妈因为什么而死去。……于是，她常常感受的那种绝望的看不见光明的悲观情绪突然消逝了；于是，在她心里开始升腾起一种渴望前进的、澎湃的革命热情。……

书看完了，她盼望卢嘉川再来借书给她看，可是他没有来。她向白莉苹、许宁那里借到许多政治、经济、哲学、文学的书。有许多书她是看不懂的，像《反杜林论》《哲学之贫困》，她看着简直莫名其妙。可是青年人热烈的求知欲望和好高骛远的劲头，管它懂不懂，她还是如饥如渴地读下去。当时余永泽还没回来，她一个人是寂寞的，因此她一天甚至读十五六个钟头。一边吃着饭一边也要读。钱少了，她每天只能买点棒子面蒸几个窝头吃。懒得弄菜，窝头不大好吃，可是因为捧着书本全神贯注在这上面，一个窝头不知不觉就吃完了。自从发明了这种"佐食法"，她对于书本一会儿也不愿离开。

"许宁，请你告诉我：形而上学和形式伦理学是一个东西吗？"

"辩证法三原则什么地方都能够应用，那你说，否定之否定应当怎么解释呢？……"

"苏联为什么还不实行共产主义社会？中国要到了共产主义社会，那将是个什么样子呀？"

"……"

许宁常去找白莉苹，顺便也常看看她。每次见到他，道静都要提出许多似懂不懂的问题。弄得许宁常常摇头摆手地笑道：

"啊呀，小姐！你快要变成大腹便便的书虫子了！人怎么能一下子消化掉这么多的东西呀？我这半瓶子醋，可回答不了你。"话是这样说，可是谈起理论，许宁还是一套套地向道静谈得津津有味、头头是道。道静深深为她新认识的朋友们感到骄傲和幸福。于是她那似乎黯淡下去的青春的生命复活了，她快活的心情，使她常常不自觉地哼着、唱着，好像有多少精力施展不出来似的成天忙碌着。这心情是余永泽所不能了解的，因此，他发生了怀疑，他陷在莫名其妙的嫉妒的痛苦中。

　　道静正在院子里生火，准备做饭。一抬头卢嘉川走进来了。她立时扔下手里的煤球和簸箕，不管木柴正在熊熊燃烧着，慌忙地要领老卢进屋去。

　　"怎么？你还不放煤球？劈柴就要过劲啦。"卢嘉川含笑站在炉子边，拿起簸箕就把煤球添到炉口里。接着小小的炉子冒起了浓浓的黑烟。道静心里更加慌促——她正为叫卢嘉川看见自己做这些琐细的家务劳动而感到羞臊，加上他竟这么熟练地替她一做，她就更加觉得忐忑不安了。

　　"卢兄，这么久不见你……"她讪讪地说。"到屋里坐吧。你近来好吧？噢，你知道我多盼望……"道静兴奋地站在屋地上，东一句西一句简直语无伦次。卢嘉川呢，他却安详地和道静握握手，搬把椅子坐在门边，看着道静微微一笑，说：

　　"小林，这些日子生活得怎样？忙一点，好久不来看你了。"

　　道静竭力使自己镇静下来。一种油然而生的尊敬与一种隐秘的相见的喜悦，使得她的眼睛明亮起来，她靠在桌子边，还带着刚才的羞怯、不安，小声说：

　　"卢兄，这些天，我读了好多书，明白了好多事，我的精神变了。……"她红着脸不知怎样来表达自己的心情。沉默了一下，看见卢嘉川并没有注意到她的慌乱和激动，于是她才完全镇静下来，开始向他报告起她所读的书，这些书所给予她的影响，以及她心情上的变化来。她越说越高兴，渐渐全部消失了刚才的慌乱和不安，神采飞扬地歪着脑袋，说："卢兄，多么奇怪呀！怎么这么快我就变成了另外一个人——我好像年轻多啦。"

"你现在并不老，怎么能够再年轻？"卢嘉川眯着眼睛看着道静。顽皮的微笑又浮在他的嘴角。

"不，不是这样。"道静的神气非常庄严认真，"卢兄，你不知道，我虽然只有二十岁，可是我……我过去的生活使我早就像个老太婆了。我看什么都没意思，对什么都失望，甚至悲观到想过自杀。……可是自从过年那天夜里认识了你们，你教我读了许多书，我就忽然变啦。……"她正说到这儿，一扭头，发现余永泽不知在什么时候已经站到屋子当中。看见他的小眼睛愠怒地睨视着卢嘉川，道静的话蓦地停住了。还没容她开口，余永泽转过头来对道静皱着眉头说：

"火炉早着荒了，你怎么还不做饭去？高谈阔论能当饭吃吗？"又没等道静开口，他一个箭步冲了出去，屋门在他身后砰地关上了。

道静坐在凳子上，突然像霜打了的庄稼软软地衰萎下来。有一阵子，她红涨着脸激愤得说不出一句话。这时，倒是卢嘉川老练、沉着，他对砰然关上的房门望望，又对道静痛苦的神情默然看了一下，然后站起身走近道静的身边：

"这位余兄我见过。既然他急着要吃饭，小林，你该早点给他做饭才对。我们的谈话不要影响他。你把炉子搬进来，你一边做饭，我们一边谈好不好？"

"好！"道静正怕卢嘉川生气走掉，一见他还是留下来，她高兴得立时搬进炉子，坐上饭锅。渐渐地，气愤变成了沉重的悲哀，她低下头看着地说："卢兄，替我想个办法吧！这生活实在太沉闷了。憋得出不来气。……"她抬起头来，眼睛忽然放射着一种异常热烈的光。"你介绍我参加红军，或者参加共产党，行吗？我想我是能够革命的。要不，去东北义勇军也行。"

"噢。"卢嘉川对这突如其来的请求似乎感到有些惊异：这年轻女孩子把参加革命想得多么简单容易呀。他望着她，沉了一下问道："为什么呢？为什么想去当红军？"

"'宁为玉碎，不为瓦全！'我不愿意我的一生就这么平庸地、毫无意味地白白过去。从小时候，我抱定过志愿，——我要不虚此生。黑暗的社会不叫我痛快的活，就宁可去死！"她红涨着脸，闪烁着乌黑的眼睛说下去，"可是，自从看了你们给我的那些革命的书，明白了真理，我就决心为真理去死。我觉得人活着应当像那些英雄，像那些视死如归的人。卢兄，叫我到火热的战场上去吧，我再不能这样生活下去了。"

卢嘉川坐在椅子上，用手轻轻拍着桌子，好像在替道静滔滔的言语打着拍子。他摇着头，刚刚可以觉察到的调皮的微笑又浮现在他活泼的眼色中。

"小林，咱们先讨论个问题。——你该把饭锅搅一搅，不然要煳了。你过去和家庭斗争，不满意黑暗的社会，现在又想很快去革命、上战场，究竟都是为了什么呢？"

道静突然被窘住了。她咬着嘴唇沉思着，忘了搅锅，大米饭真的有了煳味。卢嘉川站起身把锅搅了搅端到火炉的一边烤着，她还沉在思索中一点不知道。半晌，她才迷惘地看着卢嘉川讷讷地说：

"我，我没很好地考虑过这个。……但是我相信我不是为自己。——我讨厌那种自私自利的人。"

"但是，你这些想法和做法，恐怕还是为了你个人吧？"

道静蓦地站起身来："你说我是个人主义者？"

"不，不是这个意思。"卢嘉川的神气变得很严峻，他的眼睛炯炯地盯着道静，"我问你，你过去东奔西跑，看不上这，瞧不起那，痛苦沉闷，是为了谁？为劳苦大众呢，还是为你自己？现在你又要去当红军，参加共产党做英雄……你想想，你的动机是为了拯救人民于水火呢，还是为满足你的幻想——英雄式的幻想，为逃避你现在平凡的生活？"

道静愣住了。过了一会儿，她又忍不住笑了。卢嘉川的话多么犀利地道破了她心中的秘密呵！她不由得害羞起来，歪着脑袋半天才说：

"卢兄，你说得很对。过去我只想当个好人——不欺侮人，也不受人欺侮。也许这就叫作'独善其身'？确实，我很少想到为旁人。但是我有一点儿还不明白：我常常省下自己的零用，给洋车夫、给乞丐，我喜欢帮助穷人。你能说这也是为个人？"

"我想，"卢嘉川点点头说，"对一个人行为的评价——包括他一切的努力和奋斗，不仅要看他的动机，更应当看他的结果。看他是在推动现社会前进呢，还是在给这个腐烂的社会贴金；或者在挽留这个腐烂的社会。……"轻轻的、意味深长的微笑，浮在卢嘉川的眼角，他机警地向门外瞥视一下，又看了看那个倒霉的饭锅，继续说下去："小林，你救济几个洋车夫或者几个乞丐，能叫千百个洋车夫和乞丐都有饭吃吗？这个除了能够满足你个人的'好人'欲望之外，对整个社会对全体劳动人民又有什么好处呢？……说到参加红军上疆场，这愿望是好的，可是也得看实际情况。革命工作是多种多样的，有火热的白刃战，也有不为人注意的平凡的斗争。"他又转动一下发着煳味的饭锅，向道静瞥了一眼，"像你做的这些做饭洗衣的琐碎事情，如果它是对人民对革命有利的、必需的，需要我们去做时，不一定非要上战场才算是革命。……小林，怎么样？非要当个战死疆场的英雄不行吗？"

卢嘉川说着笑了。林道静也跟着笑了。她的情绪随着他的话像小船随着波浪一样忽高忽低。当她觉察到卢嘉川是用一种真诚坦率的友谊在向她劝告时，她那由于面子、自尊而引起的不快就很快地消逝了。当她看到他爽朗地笑起来、并且露着关切的神情向她点头的时候，她心里忽然感到一阵从未有过的欣喜。

"卢兄，真感谢你！"她绯红的脸上浮跃着欢喜的笑容，美丽的眼睛睁得又大又亮。

"怎么，中午了，饭熟了吗？"余永泽狸猫一样又偷偷地跳进来了。这回他把礼帽向床上一扔，一屁股坐在床上，瞪着道静不动了。

道静的脸霎地变得灰白。她愣愣地望着余永泽，张不得口——她实在不愿当着卢嘉川的面去和他吵嘴。

卢嘉川是个机灵人，他一看这两个人的情况不对，便赶快拿起帽子，先向余永泽微笑地点点头，又向道静含着同样镇定的笑容说：

"我们今天的谈话很不错。……现在，你们吃饭吧，我该走了。"他又向余永泽点点头，便走向房门外。道静默默地跟在后面送他出来，直送到他走出大门，道静才咬着嘴唇什么话也没讲就回来了。当她一回身却发现余永泽也跟在她身后，瘦脸拉得长长的，像个丧门神。

这天夜晚，道静晚饭没吃就睡下了。她心里被许多复杂的情绪、思路搅扰得很惶乱。时间很久了，她躺在枕上还没有睡着。睁眼望望，昏昏的灯光下，余永泽正坐在桌旁低头发着闷。这时，她的眼睛忽然盈满了泪水。

　　"这，这就是那个我曾经热爱过的、倾心过的人吗？……"她赶快把头蒙起来，生怕他听见她伤心的痛哭。

　　余永泽坐在桌旁思索着。他早就知道林道静接近卢嘉川，今天，他俩那种亲密纵谈的情况，更加使他明白了道静变化的原因。他竭力克制自己，他想：男子汉大丈夫不应该为一个女人来苦恼自己。可是，当他眼前闪过了卢嘉川那奕奕的神采、那潇洒不羁的风姿，同时闪过了道静望着卢嘉川时那闪烁着的快活的热情的大眼睛，他又忍不住被痛苦和忿恨攫住了。他激动地坐在椅子上想得很久，也想得很多。但是他毫无办法。道静这女人是倔强的，是有自己独立不倚的思想的，你用道理说服不了她，用眼泪也不能打动她，施加威力更是不行。……怎么办呢，聪明的余永泽最后想出了一个奇妙的主意，——给卢嘉川写封信。劝告他，警告他，如果他懂得做人的道德的话。

　　信是这样写的：

　　卢公足下：

　　　　余与足下俱系北大同学，而令戚又系余之同乡，彼此素无仇隙。乃不意足下竟借口宣传某种学说，而使余妻道静被蛊惑、被役使。彼张口革命，闭口斗争，余幸福家庭惨遭破坏。而足下幸矣，乐矣，悠悠然、飘飘然逞其所欲矣！……人，应当懂得做人的道德，人也应当不以危言耸听去破坏别人的幸福，否则殊有背人之良知德性也。余谨以此数言奉劝足下，是耶非耶，幸三思之。尚望明鉴。

余永泽　一九三三年三月

信写好了，他心里好像出了一口闷气，舒畅一些。把信封好，站起身来伸了个懒腰，走到床前。这时他看见道静睡着了。她熟睡的面孔好像大理石的浮雕一样，恬静、温柔，短短的松软的黑发覆披在白净的丰腴的脸庞上，显出一种端庄纯净的美。……后来他又看出她的嘴角含着浅浅的笑意，脸上却挂着晶莹的泪珠。"她哭啦？……"这个念头一闪，他立刻被一种怜悯似的感情把满腔气恼全部勾销了。他忽然感到她不是一般的女人，她是一个有着崇高理想的女人。而他应当理解她，原谅她。……他站在床前望了她一会儿，心里想："她是善良的、诚实的，她不会欺骗人，不会爱别人的，我干吗庸人自扰呢？……"想到这里，仿佛豁然开朗似的，余永泽的心情舒展了。他伏下身来在道静脸上轻轻吻了一下，然后回过身把那封刚写好不久的信，一狠心，投入到将熄的火炉里。看见炉口冒起一阵火光，他好像做了一件了不得的事业，立刻豪壮地举起胳臂，连连伸出去打了几拳，然后几个哈欠一打，他赶快脱衣睡下去。……

上午，林道静在火炉上蒸上了馒头，就拿着一本《辩证法教程》坐在窗前的椅子上读起来。但是当她的眼睛看到了书里夹着的一块小小的红布片，书就读不下去了。她只好放下书本，拿起这鲜红的小布片把玩起来。她像欣赏心爱的宝物，脸上含着笑，嘴里轻轻自语着：

"呵，'五一'，你又过去啦！"

在"五一"这个伟大的纪念日那天，她又被卢嘉川招呼着去参加了游行示威。开始，她和几个临时集合在一起的人隐藏在天桥附近的小胡同里，卢嘉川先来交给他们一卷传单，检查他们是否带来了小旗和石灰粉，当得到了肯定的答复，他立刻转身走开了。剩下他们在小胡同里又串游了一会儿。当负责联络的交通员走来告诉他们即刻到天桥大马路上去集合时，一阵风似的，他们从小胡同里窜了出来；同时，别的小胡同里也窜出了许多人。于是人群迅急汇合成了昂奋的队伍。道静总想靠近卢嘉川，靠近他就觉得安心，好像有保障似的。可是他特别忙，一转眼他又跑到前面去了。她正在人群中拥挤着前进，突然一面红色的大旗灿烂的招展在空中，好像阴霾中升起了鲜红的太阳。她仰头望见大旗上面的黑字：

全世界无产阶级联合起来！

她的心忍不住怦怦地乱跳了。热烈地高喊着的口号，向空中抛撒着的传单，挥舞着的拳头，和无数迎风飘动的红旗，这一切使大地好像突然震动起来了……可是，这种情况不过持续几分钟，接着又是尖厉的警笛，又是飞奔的摩托，又是砰砰的枪声，全副武装的军警又从四面八方包围上来。

……

道静捏住小布片蹙起眉头。卢嘉川英俊的面孔，这时又清楚地显现在她的眼前。军警冲散了人群，捕捉着人们，他是负责保卫扛大旗的同志的，当大旗被折断，扛大旗的同志即将被捉走时，他突然跳上去狠狠地给了那个刽子手一拳，同时把石灰粉奋力一撒，在硝烟弥漫中扛大旗的同志乘机跑去了，那个军警就转身追起他来。

林道静是跟着他跑的，——他曾挥手叫她走开，但是她不。她飞跑着，朝他跑的方向跑。他刚要跑进一个小胡同里，一个灰衣的宪兵向他头上连着射了两枪，并且眼看就追上了他。他猛地回过身来又把一个小包用力向外一抖，空中立时弥漫起一阵呛人的白烟。石灰粉发挥了它奇妙的效果，乘着军警们睁不开眼睛的一霎间他逃跑了。道静学习了他的办法，那包石灰粉也救了她，她也逃脱了。最后她按照事先的约定，在陶然亭那儿又遇见了他，他挽着她的手臂，好像一对爱人似的，但他们只说了几句话就迅速分开了。当他们一起走着的时候，她看见他的口袋缝里还夹着一片撕碎的红旗，她就拿了过来，留作这个伟大日子的珍贵纪念品。

"呵，他是多么勇敢、多么能干呵！"一想到卢嘉川在"三·一八"和"五一"这两个日子里的许多表现，她心里油然生出一种钦佩、爱慕，甚至比这些还更复杂的情感。她自己也说不上是什么，只是更加渴望和他见面，也更加希望从他那儿汲取更多的东西。

午后，余永泽上课去了，她见白莉苹在家，就到她屋里去闲坐。

"小林，昨天'五一'你去参加游行啦?"白莉苹挤挤眼皮顽皮地一笑。

"去啦。白姐姐，你怎么没去?"

"我么? 有别的工作呀。"白莉苹急忙岔开了话，把手臂搭在道静的肩膀上笑着，"小林，昨晚，又跟你那老夫子吵架啦? 嘿，傻孩子，你为什么老跟这样的人凑在一块儿? 难道找不出比他可爱的男人来?"白莉苹看着余永泽总穿着长袍大褂像个学究，就一直称呼他老夫子。

"不用你操心!"道静露着两排洁白的牙齿也笑了，"谁像你这个样儿：见一个爱一个，见两个爱一双——恋爱专家。"

"得啦，你不要倒打一耙！我真是为你好。你看他那酸溜溜的样儿有什么爱头呢？嘿，小林，你看老卢怎么样？活泼、勇敢，又能干又漂亮，你要同意，我给你俩介绍介绍好不好？"

道静的心突突地跳起来了。她想不到白莉苹在玩笑中，竟把自己的名字和这样可敬可爱的人的名字连到了一起。她红着脸，呆呆地睁大眼睛看着她。白莉苹趁势抱住她的肩膀，把脸挨在她耳旁，哧哧地笑着，说：

"好孩子，犹疑什么？'新的恋爱不起，旧的恋爱不会消灭。'这是哪个文学家的话呀？你那个老夫子可真不值得爱，还是大胆地创造新生活吧！"

"不，他爱我，我怎么能忍心离开他？"道静感到不能再开玩笑了，白莉苹是在真心实意地和她谈话。于是她摇着头低声回答。

"等着余永泽给你挂节孝牌吧！"白莉苹的脸色变庄重了，嘴角带着一丝讥讽的笑意，"你还想革命哩，连这么一点芝麻粒大的事情——私人的事情算得什么？——都不敢革，还说别的！"

轻轻的一句话，可把道静刺痛了。她放松了白莉苹的手，低着头坐在椅子上不再出声。她知道她和余永泽之间已经有了一道不可弥补的裂痕，这裂痕随着她对新生活的奔赴，是在日益加深。可是她可怜他，这种感情，像千丝万缕绊着她，同时，她又认为革命者是不应该关心个人的问题的，于是她忍住了矛盾的痛苦，忍住了一切的不满，希望就这样和余永泽凑合下来。可是白莉苹的这句"芝麻粒大的事情"使她恍然若有所悟，她朦胧地意识到自己不是对个人问题看得太轻，而是过重；是在一种"不必关心"的掩饰下的苟且偷安。

她迷惘地望着窗外蓝色的天空，沉默着。白莉苹却以为她生了自己的气，她歪头对她观察了一下，就抱住她，哄小孩似的：

"好啦，小林，别生气啦！既然你那老余这么可爱，你就去爱吧！我可不敢拆散你们。不过，我告诉你一件事，"她松开道静的手站起身来，神气很严肃。"你不是知道崔秀玉到东北义勇军里去了吗？当初她希望许宁和她一同去。——他们的感情已经怪深的了。可是许宁——你不是也知道他讲起话来一套套挺漂亮吗，可是办起事来就不大带劲了。他不去，舍不得妈妈，舍不得学业——当然也怪我，我也把他拉住了。可是不能不佩服小崔，她正上着学，也正恋着许宁，可是为了革命事业她一甩袖子就走了。小林，你别学许宁，也别学我，还是学小崔——你大概不知道，她是朝鲜人呢。"

"朝鲜人！……"

道静看着白莉苹的嘴唇一张一合地动着，微微惊讶地重复了一句，就再没有话说了。

她回到自己房里后，心情烦恼，一头倒在床上，陷入纷乱的思潮中。

天黑下来了，她连晚饭也忘了做。

"静，你多美！真像海棠春睡的美人儿……"余永泽不知什么时候走进屋里来了，他瞅着侧卧着的林道静，悄悄地说。

道静没有理他，拿起一本书盖上了脸。他就走上去拿下书本，顺便向书皮望了一眼——《资本论》。他微微蹙蹙眉头笑道：

"马克思先生的大弟子，您又在研究什么问题哪？"

"干吗讽刺人！"她对他的脸看了一会儿，忽然感到：她所爱的那个余永泽早已不存在了；这个人已经变得多么庸俗可厌了呀。于是一种失望的气恼冲上心头，她不由得又冲口说道："马克思的弟子总比胡适之的弟子强！"

"你说什么？"余永泽也有点恼火，"胡适之的弟子有什么不好？"

"好极啦！专门拍统治阶级的马屁，拍帝国主义的马屁，帮蒋介石来统治学生，那怎么会不好呢？"道静把书本向床上一丢，轻蔑地扭转了身子。

余永泽两手抱住头倚在桌子上。他竭力忍耐着，终于还是抬头冷笑道：

"革命呀，奋斗呀，说说漂亮话多么好听呀！可是我就没见过几个革命的少爷、小姐下过煤窑。因为这总比喊几句什么普罗列塔利亚、布尔乔亚之类的字眼要不舒服得多！"

"不许你胡说！"道静跳下床来，激愤地盯着他喊道，"你已经叫我受够了，请你发发慈悲叫我走吧！"

一句话就把紧张的空气冲散了。余永泽变得像秋虫儿一样可怜了。他嘶哑着嗓子哀求着：

"亲爱的！我的生命，你不能走！"

临睡前，两人才和好了。余永泽看着道静，高兴地说：

"今天我回来的时候本来挺高兴，想赶快告诉你一个好消息，不想咱们又闹了个误会吵起来。静，以后咱们不要吵了。……不说这些了。你知道毕了业，我的职业不成问题啦，这不是好消息吗？"

"什么职业？离毕业还有两三个月呢。"

"但是要早一点准备呀！一个饭碗你知道有多少人在抢？"余永泽带着胜利者的骄傲，又带着怕惹动道静的惶悚，轻声说，"李国英跟胡适很熟——别生气，我不是崇拜他，只不过是为咱们的生活……这样托李介绍，把我的一篇考证论文给胡适看了，不想胡先生倒很欣赏，叫李国英带我去见他。今天我真就见了他，他鼓励我一番，教我还要好好用功，又讲了些治学的方法，末了，答应毕业后，职业由他负责。……静！"他使劲握住道静的手，小眼睛闪烁着快活的光芒，"听说哪个学生要叫他赏识了，那么，那个人的前途、事业可就大有希望呢。"

"嗯。"道静咬着嘴唇望着他那沾沾自喜的神色，"那么，你真正成了胡博士的大弟子了！"

"亲爱的！"余永泽用巴掌按在道静的嘴巴上，装着庄严的口吻，"静，你不要总被那些革命的幻想迷惑了，现实总是现实呀。胡适是'五四'以来的大学者，他还能害咱们青年人吗？这两年，你跟着我也够苦了，我心里常常觉得对不起你。有的同学都说我：'老余。看你的她长得倒不错，为什么不给她打扮得漂亮一点？'真是，毕业后，要是弄个好职位，我第一个心愿就是给你缝两件丝绒袍子，做几件好料子的绸纱衫，再做件漂亮的大衣——你喜欢什么颜色的？亲爱的，我可最喜欢你穿咖啡色的或者淡绿色的，那显得又年轻、又大方。那时，叫人们看看我的静是个、是个惊人的漂亮的姑娘。……"他说得兴奋了，猛地把道静推到电灯底下，自己跳到屋子的另一角，好像第一次发现她，他歪着脑袋，眯缝着眼睛，得意地欣赏起她的美貌来。"静，你哪儿都好，就是肩膀宽一点，嘴大一点。古时的美人都是削肩、小口。你还记得'樱桃樊素口，杨柳小蛮腰'这两句诗吗？怎么？你又生气啦？为什么皱起眉头？来，咱们睡吧，打我一顿也可以，就是不要老生气。"

道静本来又要翻脸的。她怎么能够忍受这些无聊的、拿她当玩意儿的举动呢？但是她疲乏了，浑身松软得没有一点力气了，终于没有出声。刚一睡下，她就被许多混沌的噩梦惊醒来。在黑暗中她回过身来望望睡在身边的男子，这难道是那个她曾经敬仰、曾经热爱过的青年吗？他救她、帮助她、爱她，哪一样不是为他自己呢？……蓦然，白莉苹的话跳上心来。——卢……革命，勇敢……"他，这才是真正的人。"想到这儿她微笑了。窗外的树影在她跟前轻轻摇摆，"他，知道我是多么敬佩他么？……"这时她的心里流过了一股又酸又甜的浆液，她贪婪地吸吮着，觉得又痛苦又快乐。

　　这夜里她做了一个奇怪的梦。

　　在阴黑的天穹下，她摇着一叶小船，漂荡在白茫茫的波浪滔天的海上。风雨、波浪、天上浓黑的云，全向这小船压下来、紧紧地压下来。她怕，怕极了。在这可怕的大海里，只有她一个人，一个人呵！波浪像陡壁一样向她身上打来，云像一个巨大的妖怪向她头上压来。她惊叫着、战栗着。小船颠簸着就要倾覆到海里去了。她挣扎着摇着橹，猛一回头，一个男人——她非常熟悉的、可是又认不清楚的男人穿着长衫坐在船头上向她安闲地微笑着。她恼怒、着急，"见死不救的坏蛋！"她向他怒骂，但是那个人依然安闲地坐着，并且掏出了烟袋。她暴怒了，放下橹向那个人冲过去。但是当她扼住他的脖子的时候，她才看出：这是一个多么英俊而健壮的男子呵，他向她微笑，黑眼睛多情地充满了魅惑的力量。她放松了手。这时天仿佛也晴了，海水也变成蔚蓝色了，他们默默地对坐着，互相凝视着。这不是卢嘉川吗？她吃了一惊，手中的橹忽然掉到水中，卢嘉川立刻扑通跳到海里去捞橹。可是黑水吞没了他，天又霎时变成浓黑了。她哭着、喊叫着，纵身扑向海水……

她醒来的时候，余永泽轻轻在推她：

"静，你怎么啦？喊什么？我睡不着，正考虑我的第二篇论文。把它写出来再交给胡先生，我想暑假后的位置会更好一点。"

道静在迷离的意境中，还在追忆梦中情景，这时，她翻了个身含糊应道：

"睡吧，困极啦！"

但是和余永泽一样，她也在想着自己的心事，一夜都失了眠。

选自《青春之歌》

人民文学出版社 1958 年版

作家的话 ◈

我塑造林道静这个人物形象，目的和动机不是为了颂扬小资产阶级的革命性，和她的罗曼蒂克式的情感，或是对小资产阶级的自我欣赏。而是通过她——林道静这个人物，从一个个人主义者的知识分子变成革命战士的过程，来表现党的伟大，党的深入人心，党对于中国革命的领导作用。……当林道静为了个人的生存而挣扎的时候，她是软弱的，她不断地烦恼、哀愁，对一切都失望不满，甚至想自杀。而当她站在真理的一边，抛弃了个人主义，初步有了共产主义的思想觉悟后，她就变得不同了。她变得乐观、坚强、开朗起来。她感到生活的喜悦和极大的幸福。不管是在监狱里，法庭上，她都感觉自己是有力量的，什么也不足怕。即使是在死亡面前，她也不再烦恼，悲伤。因为有崇高的理想和信仰给予她无穷的力量。

《谈谈林道静的形象》

评论家的话 ◈

　　作者的成功，首先在于以当时的革命斗争为背景，描写了紧张的地下工作、轰轰烈烈的学生运动和英勇的监狱斗争；同时还描写了林道静这样一个人物怎样走向革命的道路。作者努力刻画了林道静的思想变化和内心生活，刻画了她怎样从一个多愁善感的充满着幼稚的幻想的少女，变成了一个科学的共产主义的信仰者。

何其芳：《〈青春之歌〉不可否定》

　　林道静之所以让人们激动，是因为作家写出了一个在压抑的时代里在一定程度上具有反抗、追求、探索和斗争精神的知识分子，编织了一部令人唤起对五四激情回忆的个人成长史，而不是小说中翻来覆去强调的那个自我改造。……《青春之歌》的创作现象内含着一种文化断裂和文化缝合：它模糊了以鲁迅为代表的五四时期以人的精神解放的基本价值标准的新文化传统，而以宣传政治观念为己任……融进了这种政治观念的林道静的形象和林道静道路，不但没有成为五四精神的再现，反而恰恰成了一个说教的、趋时的、为当时对知识分子实行改造寻找理由的样板。

杨朴：《林花谢了春红，太匆匆》

绿　原
又一名哥伦布

绿原，1922 年出生于湖北黄陂。原名刘仁甫。1938 年流亡重庆求学。1941 年开始发表诗作，同年入复旦大学外文系读书，与人合编《诗垦地》。是"七月"诗派诗人之一。1949 年加入中国作协，任《长江日报》文艺组副组长。1953 年调职中共中央宣传部国际宣传处。1955 年起因胡风案被囚禁七年，其间自修德语。1962 年起在人民文学出版社从事德语文学编译，开始以"刘半九"的笔名译介德国古典文论。20 世纪 80 年代出版有诗集《人之诗》《人之诗续集》《另一支歌》等。沉默时期的诗中弥漫庄严的苦涩和难言的隐痛，代表作有《又一名哥伦布》《重读〈圣经〉》。复出后的诗敏于奇想，擅以智性感悟方式传达对世界、人生的体验。代表作有《西德拾穗集》等。译著有《黑格尔小传》《十九世纪文学主潮·德国的浪漫派》《现代美学析题》及《里尔克诗选》等。2009 年去世。

昨天，十五世纪

一名哥伦布

告别了亲人

告别了人民，甚至

告别了人类

驾驶着他的"圣玛丽娅"

航行在空间的海洋上

四周一望无涯

没有陆地，没有岛屿

没有房屋，没有船只

没有走兽，没有飞鸟

只有海

只有海的波涛

只有海的波涛的炮弹

在追赶，在拍击，在围剿

他的孤独的"圣玛丽娅"

哥伦布衣衫褴褛

然而精神抖擞

他站在船头

坚信前面就是印度

不顾一天天少下去的淡水

继续向前漂流、漂流

漂流在空间的海洋上

他终于没有到达印度

却发现了一个新大陆

今天，二十世纪

又一名哥伦布

也告别了亲人

告别了人民，甚至

告别了人类

驾驶着他的"圣玛丽娅"

航行在时间的海洋上

前后一望无涯

没有分秒，没有昼夜

没有星期，没有年月

只有海——时间的海

只有海的波涛——时间的海的波涛

只有海的波涛的炮弹——

时间的海的波涛的炮弹

在追赶，在拍击，在围剿

他的孤独的"圣玛丽娅"

他的"圣玛丽娅"不是一只船

而是四堵苍黄的粉墙

加上一抹夕阳和半轮灯光

一株马樱花悄然探窗

一块没有指针的夜明表咔咔作响

再没有声音，再没有颜色

再没有变化，再没有运动

一切都很遥远，一切都很朦胧

就像月亮，天安门，石碑胡同……

这个哥伦布形销骨立

蓬首垢面

手捧一部"雅歌中的雅歌"

凝视着千变万化的天花板

漂流在时间的海洋上

他凭着爱因斯坦的常识

坚信前面就是"印度"——

即使终于到达不了印度

他也一定会发现一个新大陆

1959

选自《人之诗》

人民文学出版社 1983 年版

作家的话 ◈

　　诗是一种奇怪的独白，它独自站在人生的舞台上，面对古往今来的一切观众，但是决不装腔作势地挑逗或感染什么人，更不试图进行辩难或说服什么人——它只是自言自语着，讲着人人能讲、想讲而终没有讲出来的话，以弥补人类偶尔的木讷和口吃而已。它不预期什么效果，却经常凭借真诚、朴素和新颖产生着效果。不过，更多时候它发现自己只是一件废品或半成品，连"自己"这个最亲密的倾听者都无言以对，以致无地自容，恰像被人猜中那个蹩脚哑谜便投崖而死的斯芬克斯一样。

诗是一种奇怪的对白，它永远看不见它的对白人，但他的淡漠、惊愕、挑剔、鄙薄以至呵斥却时时萦回它的眼前和耳际。然而，对于诗人，尽管他像常人一样需要赏识、赞美和爱抚，这种命定的冷遇要比更其陌生而危险的庸俗吹捧好得多：通过前者，他可以测试并激发自己不断创新的生机，而后者则只能使他终于窒息在相互隔膜和相互欺骗之中。

诗是一种奇迹的旅行，它有各种各样的起点，但永远没有一个终点。你一旦走上了路，就得一直走下去，像那个永远流浪的犹太人一样，任何良辰美景、奇风异俗、豪爽慷慨、同情怜悯都不足以使你留连。你再也走不动了，把一切身外物都抛尽了，就在那荒无人烟的地带歇下来吧；但不妨用指甲或牙齿在身旁那株沙枣树上刻下一个路标，好让后来人从这里经过时，知道他并不是唯一的先行者。

《诗惑》

评论家的话 ◈

我们的诗人将自己想象成为 20 世纪的哥伦布。如同五百年前的那个哥伦布一样，他也"告别了亲人，告别了人民，甚至，告别了人类"。不同的是，哥伦布是自愿，而他是被迫这样做的；不同的是，哥伦布有着众多的水手，而他是独自一人。他的"圣玛丽娅"

不是一只船，而是，"四堵苍黄的粉墙"，他不是航行在空间的海洋，而是"漂流在时间的海洋上"。"再没有颜色，再没有运动"，他孤独地在时间的海洋的波涛上沉浮。谁能想象他的无边的寂寞，他的深沉的悲哀？然而，这个哥伦布像那个哥伦布一样，任何风浪都没有熄灭他内心的火焰。

曾卓：《绿原和他的诗》

郭小川
望 星 空

    郭小川，原名郭恩大。1919 年生于河北丰宁，1937 年参加八路军，1941 年起入延安马列学院、中共中央党校学习。1945 年返回家乡，任丰宁县县长等职，参加实际工作。这期间曾与人合作，用"马铁丁"的笔名发表大量思想杂谈。1955 年任中国作协党组副书记、书记处书记兼秘书长，创作长诗和诗集《白雪的赞歌》《一个与八个》《将军三部曲》《致青年公民》等，诗人在充满自信地充当阶级的代言人和时代精神化身的同时，也致力于探索个人心灵在历史进程中必然存在的某些不尽和谐之处，《望星空》就是代表作之一，发表后因与当时政治意识形态不合拍而受到指责和批评。"文革"中与大多数知识分子一样受到政治迫害，下放到湖北省咸宁五七干校劳动，在厄境中创作了《团泊洼的秋天》《秋歌》等，壮怀激烈，隐含了反对当时主流意识形态的战斗精神。1976 年死于一场意外火灾。有《郭小川诗选》等。

一

今夜呀，

我站在北京的街头上，

向星空瞭望。

明天哟，

一个紧要任务，

又要放在我的双肩上。

我能退缩吗？

只有迈开阔步，

踏万里重洋；

我能叫嚷困难吗？

只有挺直腰身，

承担千斤重量。

心房呵，

不许你这般激荡！……

此刻呵，

最该是我沉着镇定的时光。

而星空，

却是异样地安详。

夜深了，

风息了，

雷雨逃往他乡。

云飞了，

雾散了，

月亮躲在远方。

天海平平，

不起浪，

四围静静，

无声响。

但星空是壮丽的，

雄厚而明朗。

穹窿呵，

深又广，

在那神秘的世界里，

好像竖立着层层神秘的殿堂。

大气呵，

浓又香，

在那奇妙的海洋中，

仿佛流荡着奇妙的酒浆。

星星呀，

亮又亮，

在浩大无比的太空里，

点起万古不灭的盏盏灯光。

银河呀，

长又长，

在没有涯际的宇宙中，

架起没有尽头的桥梁。

呵，星空，

只有你，

称得起万寿无疆！

你看过多少次：

冰河解冻，

火山喷浆！

你赏过多少回：

白杨吐绿，

柳絮飞霜！

在那遥远的高处，

在那不可思议的地方，

你观尽人间美景，

饱看世界沧桑。

时间对于你，

跟空间一样——

无穷无尽，

浩浩荡荡。

二

呵，

望星空，

我不免感到惆怅。

说什么：

身宽气盛，

年富力强！

怎比得：

你那根深蒂固，

源远流长！

说什么：

情豪志大，

心高胆壮！

怎比得：

你那阔大胸襟，

无限容量！

我爱人间，

我在人间生长，

但比起你来，

人间还远不辉煌。

走千山，

涉万水，

登不上你的殿堂。

过大海，

越重洋，

饮不到你的酒浆。

千堆火，

万盏灯，

不如一颗小小星光亮。

千条路，

万座桥，

不如银河一节长。

我游历过半个地球，

从东方到西方。

地球的阔大幅员，

引起我的惊奇和赞赏。

可谁能知道：

宇宙里有多少星星，

是地球的姊妹行！

谁曾晓得：

天空中有多少陆地，

能够充作人类的家乡！

远方的星星呵，

你看得见地球吗？

——一片迷茫！

远方的陆地呵，

你感觉到我们的存在吗？

——怎能想象！

生命是珍贵的，

为了赞颂战斗的人生，

我写下成册的诗章；

可是在人生的路途上，

又有多少机缘，

向星空瞭望！

在人生的行程中，

又有多少个夜晚，

见星空如此安详！

在伟大的宇宙的空间，

人生不过是流星般的闪光。

在无限的时间的河流里，

人生仅仅是微小又微小的波浪。

呵，星空，

我不免感到惆怅！

于是我带着惆怅的心情，

走向北京的心脏……

三

忽然之间，

壮丽的星空，

一下子变了模样。

天黑了，

星小了。

高空显得黯淡无光；

云没有来，

风没有刮，

却像有一股阴霾罩天上。

天窄了，

星低了，

星空不再辉煌。

夜没有尽，

月没有升，

太阳也不曾起床。

呵，这突然的变化，

使我感到迷惘，

我不能不带着格外的惊奇，

向四围寻望：

就在我的近边，

在天安门广场，

升起了一座美妙的人民大会堂；

就在那大会堂的里面，

在宴会厅的杯盏中，

斟满了芬芳的友谊的酒浆；

就在我的两侧，

在长安街上，

挂出了长串的灯光；

就在那灯光之下，

在北京的中心，

架起了一座银河般的桥梁。

这是天上人间吗？

不，人间天上！

这是天堂中的大地吗？

不，大地上的天堂。

真实的世界呵，

一点也不虚妄；

你朴质地描述吧，

不需要作半点夸张！

是谁说的呀——

星空比人间还要辉煌？

是什么人呀——

在星空下感到忧伤？

今夜哟，

最该是我沉着镇定的时光！

是的，

我错了，

我曾是如此地神情激荡！

此刻我才明白：

刚才是我望星空，

而不是星空向我瞭望。

我们生活着，

而没有生命的宇宙，

既不生活也不死亡。

我们思索着，

而不会思索的穹窿，

总是露出呆相。

星空哟，

面对着你，

我有资格挺起胸膛。

四

当我怀着自豪的感情，

再向星空瞭望，

我的身子，

充溢着非凡的力量。

因为我知道：

在一切最好的传统之上，

我们的队伍已经组成，

犹如浩荡的万里长江。

而我自己呢，

早就全副武装，

在我们的行列里，

充当了一名小小的兵将。

可是呵，

我和我的同志一样，

决不会在红灯绿酒之前，

神魂飘荡。

我们要在地球与星空之间，

修建一条走廊，

把大地上的楼台殿阁，

移往辽阔的天堂。

我们要在无限的高空，

架起一座桥梁，

把人间的山珍海味，

送往迢遥的上苍。

真的，

我和我的同志一样，

决不只是"自扫门前雪"，

而是定管"他人瓦上霜"。

我们要把长安街上的灯火，

延伸到远方；

让万里无云的夜空，

出现千千万万个太阳。

我们要把广漠的穹窿，

变成繁华的天安门广场；

让满天星斗，

全成为人类的家乡。

而星空呵，

不要笑我荒唐！

我是诚实的，

从不痴心妄想。

人生虽是暂短的，

但只有人类的双手，

能够为宇宙穿上盛装；

世界呀，

由于人的生存

而有了无穷的希望。

你呵，

还有什么艰难，

使你力不可当？

请再仔细抬头瞭望吧！

出发于盟邦的新的火箭，

正遨游于辽远的星空之上。

1959 年 4 月初稿

1959 年 8 月二次修改

1959 年 10 月改成

选自《郭小川诗选》

人民文学出版社 1985 年版

我以为，归根到底是因为我们要求从革命发展的伟大现实中提炼出诗来，用以概括生活，推动革命。既然如此，就得对革命现实有真知灼见。有实实在在的革命情怀，把人民群众的心声铭记在耳，感会在心，然后提炼为诗的语言的晶体。我们常说：要有新的见解，新的发现！这话听来很对，可是这"新"又从哪里来？只能从革命现实的新发展中来，只能从人民群众的新的心声中来，这当然就难了！

……那么，怎样使作品具有特色呢？特色有两个：一是时代特色；二是个人特色。时代特色是第一位的。没有时代特色，恐怕谈不上值得追求的个人特色。我们还是更多地考虑一下时代特色吧！个人特色的最根本的东西，还在于对于时代和生活开拓得深广，并有独特的建树。其他，恐怕还是比较次要的。而且，特色这东西，是作者的全部气质和全部修养在创作上的综合表现，未必是一厢情愿的追求所能奏效的，"功到自然成"，在刚才说的那些基本功上努力，慢慢就会有相应的收获。

《谈诗》

评论家的话 ◈

作为一个认真而诚恳地思考生活的诗人，他的独特和深刻之处在于：他看到了一片和谐中的某些不和谐，看到了个人的时间与历史的时间之间的不尽一致。历史急遽地转换和迈进，把许多人裹进来奔向前去，也把许多人抛出了生活的轨道。……有限的个人生命，怎样才能与无限广阔的历史发展相通？无限的追求又怎样才能体现在个人有限的努力之中？这一思考构成了郭小川 20 世纪 50 年代最具深度的几首抒情诗及叙事诗的主题。……概括来说，郭小川解决个人与外在时空的不一致的方式，是以前者无条件地适应后者来处理的。我们在他的诗中看到的多是个人内心的严厉谴责，而很少看到外在时空有什么缺陷之处。这是那一时期郭小川人生思考的一大特点，这一特点也反映出中国知识分子在那大时代中痛苦转变的全部可贵性和深刻的局限性。……"天若有情天亦老""人生易老天难老"，这本是古往今来的一个普遍命题。然而出现在1959年（4月初稿，8月二次修改，10月改成）的这首《望星空》，却折射了当时相当深刻的社会心理内容。在大的失误和挫折面前，人（革命者）对自己的生命、意义、命运的重新思索、把握和追求，达到了当代文学史上前所未有的深度。这一点，由于受种种社会历史原因的限制，恐怕连诗人自己都没有意识到。因为，诗人的本意是把这种情绪作为"虚无主义思想"来批判的。于是在诗的后半部分全力描写了人民大会堂的灯光，使得"天黑了，星小了。高空显得黯淡无光"，这显然缺少艺术的说服力。《望星空》的批判者们无法理解，对生死存亡的重视，对人生短促的感慨，未必就是颓废、悲观、虚无。恰恰相反，有时深藏的正是对人生的执着和强烈求索，以及百折不挠的进取精神。……《望星空》是诗人的思考开始成熟的标志之一。可惜这一思考来不及结出更多丰硕的成果，就被外力的冲击阻断了它的深入。

　　　　　黄子平：《郭小川诗歌中的时空意识》

痖　弦
◈ 深　渊

　　痖弦，原名王庆麟，1932 年生于河南南阳。早年毕业于台湾政工干部学校影剧系，曾在美国爱荷华大学作家工作室从事研究，获美国威斯康星大学文学硕士。曾任《幼狮文艺》主编，台湾文化大学、东吴大学副教授，台北《联合报》副刊主编。1952 年开始写诗。1954 年与张默、洛夫等创办著名的创世纪诗社。进入 20 世纪 70 年代中期后，已很少写诗。其诗风谨严而富于开拓性，将民谣写实与心灵探索相互结合，成为台湾现代诗的代表诗人之一，影响深远。主要诗集有《痖弦诗抄》《深渊》《盐》等，另有《痖弦自选集》《痖弦诗集》印行。

我要生存，除此无他；同时我发现了他的不快。

——沙特

孩子们常在你发茨间迷失

春天最初的激流，藏在你荒芜的瞳孔背后

一部分岁月呼喊着。肉体展开黑夜的节庆。

在有毒的月光中，在血的三角洲，

所有的灵魂蛇立起来，扑向一个垂在十字架上的

憔悴的额头。

这是荒诞的；在西班牙

人们连一枚下等的婚饼也不投给他！

而我们为一切服丧。花费一个早晨去摸他的衣角。

后来他的名字便写在风上，写在旗上。

后来他便抛给我们

他吃剩下来的生活。

去看，去假装发愁，去闻时间的腐味，

我们再也懒于知道，我们是谁。

工作，散步，向坏人致敬，微笑和不朽。

他们是握紧格言的人！

这是日子的颜面；所有的疮口呻吟，裙子下藏满病菌。

都会，天秤，纸的月亮，电杆木的言语，

（今天的告示贴在昨天的告示上）

冷血的太阳不时发着颤

在两个夜夹着的

苍白的深渊之间。

岁月，猫脸的岁月，

岁月，紧贴在手腕上，打着旗语的岁月。

在鼠哭的夜晚，早已被杀的人再被杀掉。

他们用墓草打着领结，把齿缝间的主祷文嚼烂。

没有头颅真会上升，在众星之中，

在灿烂的血中洗他的荆冠，

当一年五季的第十三月，天堂是在下面。

而我们为去年的灯蛾立碑。我们活着。

我们用铁丝网煮熟麦子。我们活着。

穿过广告牌悲哀的韵律，穿过水门汀肮脏的阴影，

穿过从肋骨的牢狱中释放的灵魂，

哈里路亚！我们活着。走路、咳嗽、辩论，

厚着脸皮占地球的一部分。

没有什么现在正在死去，

今天的云抄袭昨天的云。

在三月我听到樱桃的吆喝。

很多舌头，摇出了春天的堕落。而青蝇在啃她的脸，

旗袍叉从某种小腿间摆荡；且渴望人去读她，

去进入她体内工作。而除了死与这个，

没有什么是一定的。生存是风，生存是打谷场的声音，

生存是，向她们——爱被人隔肢的——

倒出整个夏季的欲望。

在夜晚床在各处深深陷落。一种走在碎玻璃上

害热病的光底声响。一种被逼迫的农具的盲乱的耕作。

一种桃色的肉之翻译，一种用吻拼成的

可怖的言语；一种血与血的初识，一种火焰，一种疲倦！

一种猛力推开她的姿态

在夜晚，在那波里床在各处陷落。

在我影子的尽头坐着一个女人。她哭泣，

婴儿在蛇莓子与虎耳草之间埋下……

第二天我们又同去看云、发笑、饮梅子汁，

在舞池中把剩下的人格跳尽。

哈里路亚！我仍活着。双肩抬着头，

抬着存在与不存在，

抬着一副穿裤子的脸。

下回不知轮到谁；许是教堂鼠，许是天色。

我们是远远地告别了久久痛恨的脐带。

接吻挂在嘴上，宗教印在脸上，

我们背负着各人的棺盖闲荡！

而你是风、是鸟、是天色、是没有出口的河。

是站起来的尸灰，是未埋葬的死。

没有人把我们拔出地球以外去。闭上双眼去看生活。

耶稣，你可听见他脑中林莽苗长的喃喃之声？

有人在甜菜田下面敲打，有人在桃金娘下……

当一些颜面像蜥蜴般变色，激流怎能为

倒影造像？当他们的眼珠粘在

历史最黑的那几页上！

而你不是什么；

不是把手杖击断在时代的脸上，

不是把曙光缠在头上跳舞的人。

在这没有肩膀的城市，你底书第三天便会被捣烂再去作纸。

你以夜色洗脸，你同影子决斗，

你吃遗产、吃妆奁、吃死者们小小的呐喊，

你从屋子里走出来，又走进去，搓着手……

你不是什么。

要怎样才能给跳蚤的腿子加大力量？

在喉管中注射音乐，令盲者饮尽辉芒！

把种子播在掌心，双乳间挤出月光，

——这层层叠叠围你自转的黑夜都有你一份，

妖娆而美丽，她们是你的。

一朵花、一壶酒、一床调笑、一个日期。

这是深渊，在枕褥之间，挽联般苍白。

这是嫩脸蛋的姐儿们，这是窗，这是镜，这是小小的粉盒。

这是笑，这是血，这是待人解开的丝带！

那一夜壁上的玛丽亚像剩下一个空框，她逃走，

找忘川的水去洗涤她听到的羞辱。

而这是老故事，像走马灯；官能，官能，官能！

当早晨我挽着满篮子的罪恶沿街叫卖，

太阳刺麦芒在我眼中。

哈里路亚！我仍活着。

工作，散步，向坏人致敬，微笑和不朽。

为生存而生存，为看云而看云，

厚着脸皮占地球的一部分……

在刚果河边一辆雪橇停在那里；

没有人知道它为何滑得那样远，

没人知道的一辆雪橇停在那里。

一九五九年五月

选自《痖弦诗集》

台湾洪范书店 1981 年版

129

对于仅仅一首诗，我常常作着它原本无法承载的容量；要说出生存期间的一切，世界终极学，爱与死，追求与幻灭，生命的全部悸动、焦虑、空洞和悲哀！总之，要鲸吞一切感觉的错综性和复杂性。如此贪多，如此无法集中一个焦点。这企图便成为《深渊》。

《现代诗短札》

评论家的话 ◈

生存焦虑与生命委顿，这是《痖弦诗集》中最集中的、占核心位置的一个视点。这其中，除《战时》诸作品是对在非常时期下生存险恶的揭示外，其余均着力于普泛的、庸常的、表面沉默而内心失衡的生存状态下生命（个体的和族类的）的个性委顿和意义消解。这其中包括通过事件所构成的历史片断和通过行为所塑造的人物塑像，且均经由本土空间和世界空间的交叉观照，使之凝混为人类总体的心理危机。这一危机，在《深渊》一诗中，推到极致。

在这种"接吻挂在嘴上，宗教印在脸上"，"为生存而生存，为看云而看云，厚着脸皮占地球的一部分……"的生存状态中，诗人特别将视点投射到性——"一种桃色的肉之翻译"之中；这一投射在许多诗中都有探照，而以《深渊》为彻底洞深。尼采说：醉感，在性的体验中最为强烈。在"我真发愁灵魂究竟交给谁才好"（《疯妇》·1959 年）的心理危机中，放纵肉体/官能遂成为主宰，成为以销魂来反抗蚀魂、以泄欲来消解迫抑、以死求生、以醉求醒的唯一通道，实则已将生命推向绝境。这一深刻喻象，在捷克小说家米兰·昆德拉的作品中，成为主要的支点，可见是一个世界性的"肉之翻译"。

沈奇：《对存在的开放和对语言的再造——痖弦诗歌艺术论》

傅　雷

致傅聪（《傅雷家书》节选）

　　傅雷，1908 年生，著名文学艺术翻译家，从 20 世纪 30 年代起即致力于法国文学的翻译介绍，主要译有《约翰·克利斯朵夫》《贝多芬传》《高老头》《艺术哲学》等三十余部作品，著有《世界美术名作二十讲》等专著。"文革"开始后，因不堪凌辱，于 1966 年 9 月 3 日和夫人朱梅馥一起自杀弃世。

(1959 年 10 月 1 日)

孩子，十个月来我的心绪你该想象得到；我也不想千言万语多说，以免增加你的负担。你既没有忘怀祖国，祖国也没有忘了你，始终给你留着余地，等你醒悟。我相信：祖国的大门是永远向你开着的。好多话，妈妈已说了，我不想再重复。但我还得强调一点，就是：适量的音乐会能刺激你的艺术，提高你的水平；过多的音乐会只能麻痹你的感觉，使你的表演缺少生气与新鲜感，从而损害你的艺术。你既把艺术看得比生命还重，就该忠于艺术，尽一切可能为保持艺术的完整而奋斗。这个奋斗中目前最重要的一个项目就是：不能只考虑需要出台的一切理由，而要多考虑不宜于多出台的一切理由。其次，千万别做经理人的摇钱树！他们的一千零一个劝你出台的理由，无非是趁艺术家走红的时期多赚几文，哪里是为真正的艺术着想！一个月七八次乃至八九次音乐会实在太多了，大大的太多了！长此以往，大有成为钢琴匠，甚至奏琴的机器的危险！你的节目存底很快要告罄的；细水长流才是办法。若是在如此繁忙的出台以外，同时补充新节目，则人非钢铁，不消数月，会整个身体垮下来的。没有了青山，哪还有柴烧？何况身心过于劳累就会影响到心情，影响到对艺术的感受。这许多道理想你并非不知道，为什么不挣扎起来，跟经理人商量——必要时还得坚持——减少一半乃至一半以上的音乐会呢？我猜你会回答我：目前都已答应下来，不能取消，取消了要赔人损失，等等。可是你能否把已定的音乐会一律

132

推迟一些，中间多一些空隙呢？否则，万一临时病倒，还不是照样得取消音乐会？难道捐税和经理人的佣金真是奇重，你每次所得极微，所以非开这么多音乐会就活不了吗？来信既说已经站稳脚跟，那么一个月只登台一二次（至多三次）也不用怕你的名字冷下去。决定性的仗打过了，多打零星的不精彩的仗，除了消费精力，报效经理人以外，毫无用处，不但毫无用处，还会因表演得不够理想而损害听众对你的印象。你如今每次登台都与国家面子有关；个人的荣辱得失事小，国家的荣辱得失事大！你既热爱祖国，这一点尤其不能忘了。为了身体，为了精神，为了艺术，为了国家的荣誉，你都不能不大大减少你的演出。为这件事，我从接信以来未能安睡，往往为此一夜数惊！

还有你的感情问题怎样了？来信一字未提，我们却一日未尝去心。我知道你的性格，也想象得到你的环境；你一向滥于用情；而即使不采主动，被人追求时也免不了虚荣心感到得意：这是人之常情，于艺术家为尤甚，因此更需警惕。你成年已久，到了二十五岁也该理性坚强一些了，单凭一时冲动的行为也该能多克制一些了。不知事实上是否如此？要找永久的伴侣，也得多用理智考虑勿被感情蒙蔽！情人的眼光一结婚就会变，变得你自己都不相信：事先要不想到这一着，必招后来的无穷痛苦。除了艺术以外，你在外做人方面就是这一点使我们操心。因为这一点也间接影响到国家民族的荣誉，英国人对男女问题的看法始终清教徒气息很重，想你也有所发觉，知道如何自爱了；自爱即所以报答父母，报答国家。

真正的艺术家，名副其实的艺术家，多半是在回想中和想象中过他的感情生活的。唯其能把感情生活升华才给人类留下这许多杰作。反复不已的、有始无终的、没有结果也不可能有结果的恋爱，只会使人变成唐·璜，使人变得轻薄，使人——至少——对爱情感觉麻痹，无形中流于玩世不恭；而你知道，玩世不恭的祸害，不说别的，先就使你的艺术颓废；假如每次都是真刀真枪，那么精力消耗太大，人寿几何，全部贡献给艺术还不够，怎容你如此浪费！歌德的《少年维特之烦恼》的故事，你总该记得吧。要是歌德没有这大智大勇，历史上也就没有歌德了。你把十五岁到现在的感情经历回想一遍，也会怅然若失了吧？也该从此换一副眼光，换一种态度，换一种心情来看待恋爱了吧？——总之，你无论在订演出合同方面，在感情方面，在政治行动方面，主要得避免"身不由己"，这是你最大的弱点。——在此举国欢腾，庆祝十年建国十年建设十年成就的时节，我写这封信的心情尤其感触万端，非笔墨所能形容。孩子，珍重，各方面珍重，千万珍重，千万自爱！

（1960 年 8 月 29 日）

亲爱的孩子，八月二十日报告的喜讯使我们心中说不出的欢喜和兴奋。你在人生的旅途中踏上一个新的阶段，开始负起新的责任来，我们要祝贺你，祝福你，鼓励你。希望你拿出像对待音乐艺术一样的毅力、信心、虔诚，来学习人生艺术中最高深的一课。但愿你将来在这一门艺术中得到像你在音乐艺术中一样的成功！发生什么疑难或苦闷，随时向一二个正直而有经验的中、老年人讨教，（你在伦敦已有一年八个月，也该有这样的老成的朋友吧?）深思熟虑，然后决定，切勿单凭一时冲动：只要你能做到这几点，我们也就放心了。

对终身伴侣的要求，正如对人生一切的要求一样不能太苛。事情总有正反两面：追得你太迫切了，你觉得负担重；追得不紧了，又觉得不够热烈。温柔的人有时会显得懦弱，刚强了又近乎专制。幻想多了未免不切实际，能干的管家太太又觉得俗气。只有长处没有短处的人在哪儿呢？世界上究竟有没有十全十美的人或事物呢？抚躬自问，自己又完美到什么程度呢？这一类的问题想必你考虑过不止一次。我觉得最主要的还是本质的善良，天性的温厚，开阔的胸襟。有了这三样，其他都可以逐渐培养；而且有了这三样，将来即使遇到大大小小的风波也不致变成悲剧。做艺术家的妻子比做任何人的妻子都难；你要不预先明白这一点，即使你知道"责人太严，责己太宽"，也不容易学会明哲、体贴、容忍。只要能代你解决生活琐事，同时对你的事业感兴趣就行，对学问的钻研等暂时不必期望过奢，还得看你们婚后的生活如何。眼前双方先学习相互的尊重、谅解、宽容。

对方把你作为她整个的世界固然很危险，但也很宝贵！你既已发觉，一定会慢慢点醒她；最好旁敲侧击而勿正面提出，还要使她感到那是为了维护她的人格独立，扩大她的世界观。倘若你已经想到奥里维的故事，不妨就把那部书叫她细读一二遍，特别要她注意那一段插曲。像雅葛丽纳那样只知道 love, love, love! 的人只是童话中人物，在现实世界中非但得不到 love，连日子都会过不下去，因为她除了 love 一无所知，一无所有，一无所爱。这样狭窄的天地哪像一个天地！这样片面的人生观哪会得到幸福！无论男女，只有把兴趣集中在事业上，学问上，艺术上，尽量抛开渺小的自我（ego），才有快活的可能，才觉得活得有意义。未经世事的少女往往会存一个荒诞的梦想，以为恋爱时期的感情的高潮也能在婚后维持下去。这是违反自然规律的妄想。古语说，"君子之交淡如水"；又有一句话说，"夫妇相敬如宾"。可见只有平静、含蓄、温和的感情方能持久；另外一句的意义是说，夫妇到后来完全是一种知己朋友的关系，也即是我们所谓的终身伴侣。未婚之前双方能深切领会到这一点，就为将来打定了最可靠的基础，免除了多少不必要的误会与痛苦。

你是以艺术为生命的人，也是把真理、正义、人格等看作高于一切的人，也是以工作为乐生的人；我用不着唠叨，想你早已把这些信念表白过，而且竭力灌输给对方的了。我只想提醒你几点：——第一，世界上最有力的论证莫如实际行动，最有效的教育莫如以身作则；自己做不到的事千万勿要求别人；自己也要犯的毛病先批评自己，先改自己的。——第二，永远不要忘了我教育你的时候犯的许多过严的毛病。我过去的错误要是能使你避免同样的错误，我的罪过也可以减轻几分；你受过的痛苦不再施之于他人，你也不算白白吃苦。总的来说，尽管指点别人，可不要给人"好为人师"的感觉。奥诺丽纳——你还记得巴尔扎克那个中篇吗？——的不幸一大半是咎由自取，一小部分也因为丈夫教育她的态度伤了她的自尊心。凡是童年不快乐的人都特别脆弱（也有训练得格外坚强的，但只是少数），特别敏感，你回想一下自己，就会知道对付你的爱人要如何 delicate，如何 discreet 了。

我相信你对爱情问题看得比以前更郑重更严肃了；就在这考验时期，希望你更加用严肃的态度对待一切，尤其要对婚后的责任先培养一种忠诚、庄严、虔敬的心情！

选自《傅雷家书》

三联书店 1981 年 8 月版

作家的话 ◇◇

谈了一个多月的话，好像只跟你谈了一个开场白。我跟你是永远谈不完的，正如一个人对自己的独白是终身不会完的。你跟我两人的思想和感情，不正是我自己的思想和感情吗？清清楚楚的，我跟你的讨论与争辩，常常就是我跟自己的讨论与争辩。父子之间能有这种境界，也是人生莫大的幸福。……尽管人生那么无情，我们本人还是应当把自己尽量改好，少给人一些痛苦，多给人一些快乐。说来说去，我仍抱着"宁天下人负我，毋我负天下人"的心愿。我相信你也是这样的。

《傅雷家书·致傅聪（1956 年 10 月 3 日）》

评论家的话 ◇◇

这是一部最好的艺术学徒修养读物，这也是一部充满着父爱的苦心孤诣、呕心沥血的教子篇。……有的人对幼童的教育，主张任其自然而因势利导，像傅雷那样的严格施教，我总觉得是有些"残酷"。但是大器之成，有待雕琢，在傅聪的长大成材的道路上，我看到作为父亲的傅雷所灌注的心血。在身边的幼稚时代是这样，在身处两地，形同隔世的情势下，也还是这样。在这些书信中，我们不是可以看到傅雷为儿子呕心沥血所留下的斑斑血痕吗?

楼适夷:《读家书,想傅雷》

傅雷逝世,其实我还没有了解傅雷。直到他的家书集出版,我才能更深一步地了解傅雷。他的家教如此之严,望子成龙的心情如此之热烈。他要把他的儿子塑造成符合他的理想的人物。这种家庭教育是相当危险的,没有几个人能成功,然而傅雷成功了。

施蛰存:《纪念傅雷》

钟理和
假黎婆

钟理和，笔名江流、里禾、铮铮、钟坚。1915 年生于台湾屏东。早年协助父亲经营农场。因与同姓女子恋爱而受家庭的阻挠，随即双双愤而出奔，自此独立谋生。1938年到沈阳，入满洲自动车学校，学习汽车驾驶。1941 年迁居北平，在一日本机构任译员，后以经营零售煤炭为生。1946 年举家返回台湾，在屏东内埔中学代课，半年后因病去职。此后虽贫病交迫，但仍坚持创作。1956 年写成长篇小说《笠山农场》获文艺奖而无力出版。1960 年 8 月，在修改中篇小说《雨》时，肺病恶化，咯血而死。除上述两书外，还出版有《夹竹桃》（中短篇小说集）、《钟理和短篇小说集》、《故乡》等，并有《钟理和全集》印行。钟理和的早期作品多抒发爱国寻根的深情，后期作品则大多描写爱情婚姻的曲折和病贫交加中求生的坎坷，具有自传色彩，以《贫贱夫妻》为代表，其笔调沉重而感伤，朴实无华，风格自然。

一

有一天，惯例在每年春分去下庄的大哥回来时告诉我说，他在下庄碰见奶奶的兄弟，说是这位兄弟心中着实惦念我们，不久想来这里看看。这消息令我兴奋，同时也带给我一份莫可名状的怅惘，和一份怀旧之情。

我这位奶奶并不是生我们父亲的嫡亲奶奶，而是我祖父的继室。我们那位嫡亲奶奶死得很早。她没有在我们任何人之间留下一点印象，所以我们一提起"奶奶"时，便总指着这位不是嫡亲的奶奶。事实，我们这位奶奶不仅在地位和名分上，就是在感情上，也真正取代了我们那位不曾见过面的奶奶。我们称呼她"奶奶"，她是受之无愧的，她用她的人种的方式疼爱我们、照料我们，特别是对我；她对我的偏爱，时常引起别人的嫉羡。

她是"假黎"——山地人。我说用她的人种的方式，并不意味她爱我们有什么缺陷或不曾尽职，只是说我们有时不能按所有奶奶们那样要求她讲民族性的故事和童谣；她不能给我们讲说"牛郎织女"的故事，也不会教我们念"月光光，好种姜"，但她却能够用别的东西来补偿，而这别种东西是那样的优美而珍贵，寻常不会得到的。

据我所知，她从来不对我们孩子们说谎，她很少生过气，她的心境始终保持平衡，她的脸孔平静、清明、恬适，看上去仿佛永远在笑，那是一种藏而不见的很深的笑，这表情给人一种安详宁静之感。我只看到有一次她失去这种心境的平和。那是当人们收割大冬稻子的时候，清早她到田里去捶谷，忽然人们发现她在稻田上跳来跳去，一边大声惊叫，两手在空中乱挥乱舞，仿佛着了魔，后来竟放声哭将起来。大家走前去。原来地面上满是蚯蚓在爬，多到每一脚都可以踩上七八条。她生平最怕的是蚯蚓。我大姑姑笑得蹲下身子，但毕竟把她驮在背上背回家去。

　　她的个子很小，尖下巴，瘦瘦，有些黑，居常把头发编成辫子在头四周缠成所谓"番婆头"，手腕和手背有刺得很好看的"花"（文身）。我所以知道她是"假黎"，是在我较大一点的时候，虽然如此，这发现对我并不具有任何意义。把她放在这上面来看她、想她、评量她，不论在知识上或感情上我都是无法接受的，那会弄混了我的头脑。我仅知道她是缠着番婆头，手上有刺花的奶奶，如此而已。我只能由这上面来认识她、亲近她、记忆她！

二

　　我不知道我几时而且又是怎样跟上了我奶奶，我很想知道这事，所以时常求奶奶讲给我听，碰着她高兴时，她会带着笑容一本正经地答应我的请求。那是这样的：据说有一天大清早她要去河里洗衣服时，她看见一个福佬婆把孩子扔在竹头下，她待福佬婆去远了就走前去把孩子抱起来，装进洗衣服的篮子里带回家去，这便是现在的我。

　　后来，我长大了，我知道每一个做母亲的都要对自己的宝宝们解释她怎样地捡起他们来，不过在她们的叙述中，那个扔孩子的女人都是"假黎婆"，而我奶奶则把她换上了"福佬婆"（闽南女人）。

不同的只有这一点。

据我后来所听及推测，似乎是在我有了弟弟那年，开始跟上奶奶，那时我妈妈怀里有了更小的弟弟，不能照顾我了。不过又说那时我还要吃奶，那么怎么办呢？于是便由我奶奶用"炼乳"喂我。那时候民间还不晓得用保暖的开水壶，冲炼乳自然得一次一次生炉子烧开水，所以在当初那两年间，我奶奶是很够瞧的了，这麻烦一直继续到我四岁断了奶为止。

最早这一段事情我所知甚少，我的叙述应由我最初的记忆开始，不过这也不很清楚了。我只记得屋里很黑，我耐心地躺在床上假装睡着，我妈用着鼻音很重的声音哼着不成调的曲子，一边用手拍着我弟弟。她哼着哼着，没有声音了，屋里静得只有均匀安宁的鼻息声。就在这时候我轻轻溜下眠床，蹑手蹑脚摸黑打开门溜进奶奶屋里。奶奶显然吓了一跳，但她没有责备我。我告诉她我妈屋里尿味很重，我睡不好。奶奶叹了一口气，便让我和往常一样在她旁边睡。

不一会儿，我妈找过来。

"我知道他准溜回你屋里来了，除开你这里，他什么地方都睡不安稳的。"我听见妈和奶奶这样说，然后叫我的名字："阿和，阿和。"

我不应，不动。

"大概睡着了。"这是奶奶的声音。

"我怕他在装蒜呢，哪有睡得这样快的！"妈又说，然后又再叫我，并摇着我的身子："阿和，阿和。"

我仍然不应，也不动。

"算了！"奶奶说，"就由他在这里睡吧。"

"你身体不好呢，哪受得起他吵闹！"妈歉疚地说。

这时我觉得不能不说话了，于是便说："我不吵奶奶。"

我听见妈和奶奶都笑了，再一会儿，我妈就走了。

我就这样跟上了我奶奶，一直到成年在外面流浪为止；在我的生命史上，她是我最亲近最依恋的人，其次才轮到我的父母兄弟。我对她的爱几乎是独占的，即使她自己亲生的两个姑姑都没有我分得多。

三

但直到这时为止，我还不知道我奶奶是"假黎婆"。

有一天，妈和街坊的女人聊天，忽然有一句话吹进我的耳朵。这是妈说的："假黎是不知年纪的，他们只知道芒果开花又过了一年了。"这句话特别引起我注意，因为我觉得它好像是说我奶奶，但我也不知道是否一定这样，所以当我看见奶奶时便问她是不是假黎。

"不是吧？"我半信半疑地问。

"你怎么觉得不是呢！"奶奶笑眯眯地说，眉宇之间闪着慈爱的温馨、柔软的光辉。她把右手伸给我看，说道，"你看你妈有这样的刺花吗？"

这刺花我是早就知道的，却不知道它另有意义，这意义到此时才算明白。虽然如此，我仍分不出奶奶是不是假黎。我看看她的脸孔，又看看她身上穿的长衫。她的脸是笑着的；她的长衫是我自有知觉以来就看见她穿在身上的。我觉得我有些迷糊了。

"你知道奶奶是假黎。"奶奶攀着我的下颌让我看她的脸，"还喜欢奶奶吗？"

虽然，奶奶自身并不曾对此事烦心，这对我们两人来说都是好的。

我扑进奶奶怀中，说："我喜欢奶奶。"

"对喽！"奶奶摸着我的头，"这才是奶奶的小狗古呢！"

"小狗古"是奶奶给我取的绰号。

奶奶的娘家，我知道有两个哥哥，一个已死了，留下一个儿子；还有一个弟弟。这个弟弟少时曾在我家饲牛数年，因而说得一口好客家话；而且他的脸孔诚实和气，缺少山地人那份剽悍勇猛之相，所以倘不是他腰间系方"孤拔"，头上缠着头布，我是不会知道他是假黎的。我和他混得特别熟，特别好。

当他们来看奶奶时，我发觉奶奶对他们好像很不放心，处处小心关照；吃饭时不让他们喝太多的酒，不让他们随便乱走，晚上便在自己屋里地面上铺上草席让他们在那上面睡。显然可以看出奶奶处理这些的苦心和焦躁；她要设法把它处理得无过无不及，不亢又不卑，才算称心合意。有一次他们要走时家里给了他们一包盐和一斗米。奶奶让他们带走那包盐，却把那斗米留下来。过后我有机会问到这件事时，奶奶带着苦恼的表情看了我好大一刻，似乎不高兴我提出这个问题，然后问我当我舅舅来时我妈给不给他们东西。

"虽然他们是假黎，"奶奶以更少凄楚更多悲愤的口气说，"可不是要饭的呢！"

又有一次，她弟弟夫妇俩和她侄子来看她，恰好那天是过节的日子，大概是端午节吧？那晚上家人没有遵照奶奶的吩咐，让他们尽量喝酒，结果年轻侄子喝得酩酊大醉，不肯老实坐着，到处乱闯，嘴里啰唆，又不知怎么砸了个碗。他叔叔两手捉住他，把他硬拖进奶奶房里。

　　我奶奶气得流泪，也不说话，拿起一只网袋——我想是她侄子的——扔在年轻人的面前，一面连连低低但清清楚楚地嚷着说："黑马驴！黑马驴！"

　　"婶儿，婶儿，"我妈跟进屋里来苦苦劝解，"是我们给他喝的；过节啦，多喝点没有什么关系！天黑啦，明天再让他走吧！"

　　经过一番解劝，奶奶总算不再说什么了，但仍静静地流泪。

　　第二天我醒来时，发觉年轻人不见了。趁着奶奶不在房里时，我悄悄地问那位弟弟他到哪里去了。

　　"走啦。"他低低地说，仿佛这屋里有什么东西正在睡着，他怕惊醒它。

　　"几时？"我又问。

　　"昨晚上。"

　　我不禁吃了一惊。不过我的吃惊与其说是为了年轻人倒不如说是为了奶奶，我从未看过她生这样大的气，但就在此时他轻轻地碰了我一下臂肘——我听见奶奶的脚步声走来了。

　　"不要提他。"这位弟弟摇摇头更低地说。

四

有一次，我大概是中暑，有三天三夜神志昏迷不清，大家都认为我完了，要把我移到地上，但奶奶不肯，她坚持我会好，据说她好像很有把握。一直到现在我都觉得奇怪，我奶奶在这上面有时有极正确、极可贵的判断，好像她看得清生死的分际。我想这是不是和她那人种的生活经验有关呢？

果然，在她日夜尽心看护之下，我在第四天下午终于复苏过来了。后来她告诉我，她的弟弟——不是现在这个，那已经死了——曾一连串躺了五天五夜水米不进，后来还是好了；她说她看我和她弟弟的病一样。她以为一个人既然这样还没死，可见他是不会死的。这似乎是她的信念。

那已经是傍晚时分了，开始我觉得自己好像在半天里飘，身子没有着落。忽然我听见有一种声音，它似乎来自下方的地面，也似乎很远很远。渐渐地，这声音越来越清楚了，好像已接近地面。这声音我觉得很熟，后来我便听出这是奶奶的声音：她在唱歌，唱番曲。

这时我觉得我已经落到地面，觉得有东西包围着我，我有了重量；我感觉到我的身子，我的手和脚，我的头有多么笨重，连我的眼皮都重到无法睁开。我用尽气力，好容易才打开这重量垂合的眼皮，于是我发觉我是躺在床上的，屋里光线昏暗，我的眼睛接触到灰白色的眠帐顶。

就在此时，歌声戛然而止，同时奶奶也投进了我的视线。

"阿和，"奶奶惊喜万状，那声音有些颤抖，"阿和，你醒了，噢！"

"奶奶！"我喊得有气无力。

我慢慢转动我的脑袋，然后我的视线停止在她的手上。

"奶奶，你——"我注视了一会儿之后说，但一阵晕眩使我赶快闭上眼睛。不过我是高兴的，我好像还咧嘴笑了一下。

"你看！"奶奶把手里的东西举到我更容易看的地点。

那是用苧子接的一团细绳，是我放纸鹞用的，缠在一支筷子上。过去我时时缠着要她给我接，但她事情多，接一次只有一点点，有时则敷衍了事，因此每年我的纸鹞都不能放得很高。现在，它已把那支筷子缠得鼓鼓的，我想一定接得不少了。

"阿和，你赶快好，奶奶还要接，"她笑勃勃地说，"你今年的纸鹞一定会飞得很高。"

我的大姑姑由她那张床走到我床头来，站在奶奶后面。

"你奶奶接了三天三夜的绳子啦，"她故意说得很诙谐，但我听得出她也一样高兴的，"你在床上躺着，她就在你脚边接绳子，她很卖劲呢。"然后转向她母亲，"现在你去睡吧，我来代你。"

"还不累呢。"奶奶说。

"好啦！好啦！"姑姑说，"别累出病来啦，你的小狗古还要你接绳子呢！"

奶奶朝她的女儿眨了眨眼，想了一会儿，好像她还不知道应不应该去睡，不过终于还是去睡了。我看她的眼睛四周有一圈黑圈。眼睛有一些红丝。

"那么，"奶奶对我笑了笑，"阿和，奶奶去躺一会儿。"

"你奶奶熬了三夜了，"奶奶走后姑姑说道，"她只要自己看着你。"

这时我妈自外面进来了。

五

有一次，我二姑丢了一头牛，第二天奶奶领着我往山谷帮忙找牛去了。时在夏末秋初，天高气爽，树上蓄着深藏的宁静和温馨，山野牵着淡淡的紫烟。我们越过"番界"深进山腹。我们时而探入幽谷，时而登上山巅，虽然都是些小山，但我已觉得够高了。由那上面看下来，河流山野都了如指掌。我头一次进到如此深地和高山，我非常高兴，时时扬起我的手。

我奶奶对这些地方似乎很熟，仿佛昨天才来过；对那深幽壮伟的山谷似乎一点不觉得稀罕和惊惧，也不在乎爬山。登上山顶时她问我是不是很高兴，然后指着北方一角山坳对我说，她的娘家就在那里，以后她要带我去她的娘家。

那是一个阴暗的山坳，有一朵云轻飘飘地挂在那上面，除此之外我什么都没有看见。

奶奶时时低低地唱着番曲，这曲子柔婉、热情、新奇，它和别的人们唱的都不同。她一边唱着，一边矫健地迈着步子；她的脸孔有一种迷人的光彩，眼睛栩栩地转动着，周身流露出一种轻快的活力。我觉得她比平日年轻得多了。

她的歌声越唱越高，虽然还不能说是大声，那里面充满着一个人内心的喜悦和热情，好像有一种长久睡着的东西，突然带着欢欣的感情在里面苏醒过来了。有时她会忽然停下来向我注视，似乎要想知道我会有什么感想。这时她总是微笑着，过后她又继续唱下去。

唱歌时的奶奶虽是很迷人的，但我内心却感到一种迷惘，一种困扰，我好像觉得这已不是我那原来的可亲可爱的奶奶了。我觉得自她那焕发的愉快里，不住发散出只属于她个人的一种气体，把她整个地包裹起来，把我单独地凄冷地遗弃在外面了。这意识使我难过，使我和她保持一段距离。有时奶奶似乎看出我的沮丧，有几次当我们停下来休息时，她把我拉向她，诧异地也关心地问我为什么不高兴，是不是不舒服，起初我只是默不作声，后来终于熬不住内心的孤寂之感而扑向奶奶，热情地激动地喊着说：

"奶奶不要唱歌！奶奶不要唱歌！"

奶奶为我的疯狂发作而惊慌失措，一连声地问我："怎么的啦？怎么的啦？"她两手捧着我的头让我抬起脸孔，"你哭啦，阿和？"她看着我的眼睛吃惊地说："你怎么的啦？"

"奶奶不要唱歌，——"我再喊。

奶奶奇异地凝视着我，然后勉强地微笑了笑，说道："奶奶唱歌吓坏小狗古啦！"

奶奶不再唱歌了，一直到回家为止，她缄默地沉思地走完以下的路，我觉得她的脸孔忧郁而不快。但一回到家以后，这一切都消失了，又恢复了原来的那个奶奶：那个宁静的、恬适的、清明的。

六

到我十三岁出外求学，毕业以后又在外面闯天下，于是要我关心的事情已多，无形中减少了对奶奶的怀恋，而且常常几个月见不到一次面。但奶奶对我的感情依旧不变，不！也许因为离开，格外加深了她的怀念。每当我久别回家，她便要坐在我身旁久久看着我，有时举手自我头顶一直摸到脚跟，一边喃喃自语："我的小狗古大啦！我的小狗古大啦！"由她的口气和眼色，我理解她这句话是要给她自己解释的；在她看来，这小狗古会长大是一件不可思议的事，她有些吃惊呢。

后来我远走海外，多年没有寄信回家。她是在光复前两年死在炮火声中的；她在病中一直念着我的名字，弥留之际还频问家人我的信是否到了。

待我回来时，奶奶墓地上已经长满了番石榴，青草萋萋，我拈香礼拜，心中感到冷冷的悲哀。

七

哥哥说后不久，奶奶的弟弟到我家来了，但如果不是他自我介绍，我几乎不认得了。这不但因为他人已老，而是他的装束和外貌已经改观；他腰间已不系"孤拔"，而穿着一套旧日军服；头发也剪掉了，因而已不再缠头布了；头发剪得短短，已经白了，腮帮子也因为牙齿掉落而深深陷下去；唯一不变的似乎只有他的眼睛和脸孔的温良诚实，以及一口客家话。

我领他到奶奶墓前拈香拜了几拜。是夜我们谈到深更才睡。我发现他说话之前总要先摇一次头，由这上面看来，似乎他的晚年过得并不怎么好。

"嗨，他不做人哪！"当我问及那位侄子时他摇摇头后这样说。他告诉我这位侄子酗酒、嫖妓、懒惰、不务正业。据说他们那里（指山地社会）也有"不好的女人"了呢（这应该说是娼妓吧），这是从前没有的。

他又说他大哥只生了这一个儿子，却不想是这样子的，这已经是完了；二哥呢，没有一个子息；他自己也只生了一个女儿——已嫁了。

"这都因为我爷爷从前砍人家的脑袋砍得太多了，所以不好呢！"他又摇摇头后这样说道。

第二天，他要走时我们又到奶奶墓前烧了一炷香，当他默默地走在前头时，我忽然发觉他的背脊有点伛偻，这发觉加深了我对奶奶的追思和怀恋，我觉得我已真正失去一个我生命上最重要最亲爱的人了。

1960 年春

选自《钟理和全集》（第 3 卷·雨）

台湾远景出版社 1976 年版

作家的话 ◈

这种生活记述的短文（指高尔基的《意大利故事》——编者注），看来小可，写来却不易为力，还有它们似乎没有情节、高潮、

151

纠葛，却仍优美可爱，平凡无聊的生活，经过艺术家匠心的剪裁和表现，再拿给我们看时，便变成很动人的了。

转引自两峰：《钟理和论》

评论家的话 ◈

它是纯粹的台湾文学，成就很高，这种作品，也只有兄能写出。它隐隐含有一股人生的悲凉，且又十分富有"异国情调"……今年定可成为台湾作家年。

钟肇政：《致钟理和》

钟理和先生作品的特色，第一是真，即感情的真、文字的真，也即是王国维先生在《人间词话》中所说的"不隔"，读理和先生的作品，每一个人都会觉得活在其中的人物，完全是不曾经过化妆的，他们的相爱、他们的辛酸、他们的寂寞、他们的凄苦，以及他们在命运的黑暗中闪发的人性温暖的光芒，全从一片真情中流露出来，虽然我们相信，有许多作品的题材是确有其事，然而从写作立场来论，确有其事是次要的，重要的是作者对它抱持的深情及移植于作品上的艺术才能，缺少前者，则作者的体会难以深入，缺少后者，则作者个人所体会的一切，决不能以同等力量撞击着读者的心灵。它们看起来就像是就着材料闲闲写来，骨子里却费了甚大的心血来撷精取华。理和先生作品的另一特色是"厚"。他是一个在身心上遭遇多方面不幸的作者，他那种温柔敦厚的性格，使其作品坛坛醇厚，如百年陈酒，他的力量是醉人的而不是刺人的，并洋溢着悲天悯人的气息。他的作品的第三个特色是"朴"，即是行文风格之朴实和造句遣词之朴素。他不喜欢用形容词，也少用心理描写，而从琐碎细微的行为、场景描写间，给人以亲切真实的感觉。

两峰：《钟理和论》

琦　君

琦君，原名潘希真、潘琦君。1917 年生于浙江永嘉，早年就读于之江大学中文系，师从浙东大词人夏承焘。1949 年抵台，曾任公职，同时教课及写作。1977 年随丈夫赴美国定居，从事专业写作。2006 年 6 月 7 日去世。著有小说集《琴心》《菁姐》，散文集《烟愁》《琦君小品》《红纱灯》《三更有梦书当枕》《桂花雨》等。

母亲年轻的时候，一把青丝梳一条又粗又长的辫子，白天盘成了一个螺丝似的尖髻儿，高高地翘起在后脑，晚上就放下来挂在背后。我睡觉时挨着母亲的肩膀，手指头绕着她的长发梢玩儿，双妹牌生发油的香气混合着油垢味直熏我的鼻子。有点儿难闻，却有一份母亲陪伴着我的安全感，我就呼呼地睡着了。

每年的七月初七，母亲才痛痛快快地洗一次头。乡下人的规矩，平常日子可不能洗头。如洗了头，脏水流到阴间，阎王要把它储存起来，等你死以后去喝，只有七月初七洗的头，脏水才流向东海去。所以一到七月七，家家户户的女人都要有一大半天披头散发。有的女人披着头发美得跟葡萄仙子一样，有的却像丑八怪。比如我的五叔婆吧，她既矮小又干瘪，头发掉了一大半，却用墨炭画出一个四方方的额角，又把树皮似的头顶全抹黑了。洗过头以后，墨炭全没有了，亮着半个光秃秃的头顶，只剩后脑勺一小撮头发，飘在背上，在厨房里摇来晃去帮我母亲做饭，我连看都不敢冲她看一眼。可是母亲乌油油的柔发却像一匹缎子似的垂在肩头，微风吹来，一缕缕的短发不时拂着她白嫩的面颊。她眯起眼睛，用手背拢一下，一会儿又飘过来了。她是近视眼，眯缝眼儿的时候格外的俏丽。我心里在想，如果爸爸在家，看见妈妈这一头乌亮的好发，一定会上街买一对亮晶晶的水钻发夹给她，要她戴上。妈妈一定是戴上了一会儿就不好意思地摘下来。那么这一对水钻夹子，不久就会变成我扮新娘的"头面"了。

父亲不久回来了，没有买水钻发夹，却带回一位姨娘。她的皮肤好细好白，一头如云的柔发比母亲的还要乌，还要亮。两鬓像蝉翼似的遮住一半耳朵，梳向后面，绾一个大大的横爱司髻，像一只大蝙蝠扑盖着她后半个头。她送母亲一对翡翠耳环。母亲只把它收在抽屉里从来不戴，也不让我玩，我想大概是她舍不得戴吧。

我们全家搬到杭州以后，母亲不必忙厨房，而且许多时候，父亲要她出来招呼客人，她那尖尖的螺丝髻儿实在不像样，所以父亲一定要她改梳一个式样。母亲就请她的朋友张伯母给她梳了个鲍鱼头。在当时，鲍鱼头是老太太梳的，母亲才过三十岁，却要打扮成老太太，姨娘看了只是抿嘴儿笑，父亲就直皱眉头。我悄悄问她："妈，你为什么不也梳个横爱司髻，戴上姨娘送你的翡翠耳环呢？"母亲沉着脸说："你妈是乡下人，哪儿配梳那种摩登的头，戴那讲究的耳环？"

姨娘洗头从不拣七月初七。一个月里洗好多次头。洗完后，一个小丫头在旁边用一把粉红色大羽毛扇轻轻地扇着，轻柔的发丝飘散开来，飘得人起一股软绵绵的感觉。父亲坐在紫檀木榻床上，端着水烟筒噗噗地抽着，不时偏过头来看她，眼神里全是笑。姨娘抹上三花牌发油，香风四溢，然后坐正身子，对着镜子盘上一个油光闪亮的爱司髻，我站在边上都看呆了。姨娘递给我一瓶三花牌发油，叫我拿给母亲，母亲却把它高高搁在橱柜上，说："这种新式的头油，我闻了就翻胃。"

母亲不能常常麻烦张伯母，自己梳出来的鲍鱼头紧绷绷的，跟原先的螺丝髻相差有限，别说父亲，连我看了都不顺眼。那时姨娘已请了个包梳头刘嫂。刘嫂头上插一根大红签子，一双大脚丫子，托着个又矮又胖的身体，走起路来气喘呼呼的。她每天早上十点钟来，给姨娘梳各式各样的头，什么凤凰髻、羽扇髻、同心髻、燕尾髻，常常换样子，衬托着姨娘细洁的肌肤，袅袅婷婷的水蛇腰儿，越发引得父亲笑眯了眼。刘嫂劝母亲说："大太太，你也梳个时髦点的式样嘛。"母亲摇摇头，响也不响，她噘起厚嘴唇走了。母亲不久也由张伯母介绍了一个包梳头陈嫂。她年纪比刘嫂大，一张黄黄的大扁脸，嘴里两颗闪亮的金牙老露在外面，一看就是个爱说话的女人。她一边梳一边叽里呱啦地从赵老太爷的大少奶奶，说到李参谋长的三姨太，母亲像个闷葫芦似的一句也不搭腔，我却听得津津有味。有时刘嫂与陈嫂一起来了，母亲和姨娘就在廊前背对着背同时梳头。只听姨娘和刘嫂有说有笑，这边母亲只是闭目养神。陈嫂越梳越没劲儿，不久就辞工不来了。我还清清楚楚地听见她对刘嫂说："这么老古董的乡下太太，梳什么包梳头呢?"我都气哭了，可是不敢告诉母亲。

从那以后，我就垫着矮凳替母亲梳头，梳那最简单的鲍鱼头。我踮起脚尖，从镜子里望着母亲。她的脸容已不像在乡下厨房里忙来忙去时那么丰润亮丽了，她眼睛停在镜子里，望着自己出神。不再是眯缝眼儿的笑了。我手中捏着母亲的头发，一绺绺地梳理，可是我已懂得，一把小小黄杨木梳，再也理不清母亲心中的愁绪。因为在走廊的那一边，不时飘来父亲和姨娘朗朗的笑语声。

我长大出外读书以后，寒暑假回家，偶然给母亲梳头，头发捏在手心，总觉得愈来愈少。想起幼年时，每年七月初七看母亲乌亮的柔发飘在两肩，她脸上快乐的神情，心里不禁一阵阵酸楚。母亲见我回来，愁苦的脸上却不时展开笑容。无论如何，母女相依的时光总是最最幸福的。

在上海求学时，母亲来信说她患了风湿病，手膀抬不起来，连最简单的螺丝髻儿都盘不成样，只好把稀稀疏疏的几根短发剪去了。我捧着信，坐在寄宿舍窗口凄淡的月光里，寂寞地掉着眼泪。深秋的夜风吹来，我有点冷，披上母亲为我织的软软的毛衣，浑身又暖和起来。可是母亲老了，我却不能随侍在她身边，她剪去了稀疏的短发，又何尝剪去满怀的悲绪呢！

不久，姨娘因事来上海，带来母亲的照片。三年不见，母亲已白发如银。我呆呆地凝视着照片，满腔心事，却无法向眼前的姨娘倾诉。她似乎很体谅我思母之情，絮絮叨叨地和我谈着母亲的近况。说母亲心脏不太好，又有风湿病，所以体力已不大如前。我低头默默地听着，想想她就是使我母亲一生郁郁不乐的人，可是我已经一点都不恨她了。因为自从父亲去世以后，母亲和姨娘反而成了患难相依的人，母亲早已不恨她了。我再仔细看看她，她穿着灰布棉袍，鬓边戴着一朵白花，颈后垂着的再不是当年多彩多姿的凤凰髻或同心髻，而是一条简简单单的香蕉卷。她脸上脂粉不施，显得十分哀戚，我对她不禁起了无限怜悯。因为她不像我母亲是个自甘淡泊的女性，她随着父亲享受了近二十年的富贵荣华，一朝失去了依傍，她的空虚落寞之感，将更甚于我母亲吧。

来台湾以后，姨娘已成了我唯一的亲人，我们住在一起有好几年。在日式房屋的长廊里，我看她坐在玻璃窗边梳头。她不时用拳头捶着肩膀说："手酸得很，真是老了。"老了，她也老了。当年如云的青丝，如今也渐渐落去，只剩了一小把，且已夹有丝丝白发。想起在杭州时，她和母亲背对着背梳头，彼此不交一语的仇视日子，转眼都成过去。人世间，什么是爱，什么是恨呢？母亲已去世多年，垂垂老去的姨娘，亦终归走向同一个渺茫不可知的方向，她现在的光阴，比谁都寂寞啊。

我怔怔地望着她，想起她美丽的横爱司髻，我说："让我来替你梳个新的式样吧。"她怅然一笑说："我还要那样时髦干什么，那是你们年轻人的事了。"

我能长久年轻吗？她说这话，一转眼又是十多年了，我也早已不年轻了。对于人世的爱、憎、贪、痴，已木然无动于衷。母亲去我日远，姨娘的骨灰也已寄存在寂寞的寺院中。这个世界，究竟有什么是永久的，又有什么是值得认真的呢？

1960 年

选自《琦君自选集》

黎明文化公司 1978 年版

评论家的话 ◈

琦君是典型的闺秀作家，继承冰心以降的抒情传统，在感性散文流行不辍的当代，她的抒情风格，仍为大多数台湾女作家所依承；她跨越了战前战后，不论在抒情散文的成就乃至时代风格上的象征意义，都是最具代表性的人物。

郑明娳：《大学散文选》

张中晓
无梦楼随笔

　　张中晓，1930 年出生于浙江绍兴的一个职员家庭，少年时代因家贫而在初中时失学，便以一些小生意谋生，同时自学英文，并阅读鲁迅等新文学作家的著作。1946 年在亲戚的资助下考入重庆北碚相辉学院农艺系，后转入重庆大学。1948 年因肺结核发作而休学在家，因喜好胡风的著作，在相互通信中建立了友谊。1952 年经胡风推荐，进入上海新文艺出版社任编辑，1955 年作为"胡风反革命集团"的骨干成员，在上海被逮捕监禁，次年，因肺病再次发作而被允许保外就医，回到绍兴老家，在严厉的政治打击、极度贫困、饥饿和病痛的折磨中，仍坚持读书、思考，并在自制的本子上写下自己的思想断片，共有四本笔记手稿，分别题名为《无梦楼文史杂抄》（一和二）、《拾荒集》和《狭路集》。1966 年末（或 1967 年初）在贫病中去世。20 世纪 90 年代经友人路莘整理，出版了《无梦楼随笔》（火凤凰文库之十三，上海远东出版社 1996 年版）。

《拾荒集》 三则

一

久饿之人，一坐筵席，便狼吞而食，可谓粗暴，一旦肚中有食，便会斯文起来，转而讲究礼貌，宛如君子了。但开始的不择冷盆热炒，一倾而下，与后来的连连饱噎，举不起筷，形迹虽殊，其实何尝判若二人？虽非假装斯文，但绝不是本来斯文，乃是好像斯文罢了。这正如自己在野时，鼓吹奴隶反抗，但一旦当了权，便主张应当顺从一般。在他是任务已变，在人是首足倒置了。

五十

贝多芬曾说过："孤独、孤独、孤独……"

罗曼·罗兰也说过："力量，在孤独中默默生长，成熟……"

完全不错。但是，同样完全不错的，在孤独中，人的内心生长着兽性；在孤独中，人失掉了爱、温暖和友情；在孤独中，人经历着向兽的演变……

孤独是人生向神和兽的十字路口，是天国与地狱的分界线。人在这里经历着最严酷的锤炼，上升或堕落，升华与毁灭。这里有千百种蛊惑与恐怖，无数软弱者沉没了，只有坚强者才能泅过孤独的大海。孤独属于坚强者，是他一显身手的地方，而软弱者，只能在孤独中默默地灭亡。孤独属于智慧者，哲人在孤独中沉思了人类的力量和软弱，但无知的庸人在孤独中只是一副死相和挣扎。

六二

为什么人们在统治者的花招和历史事变面前茫然、惊讶，或者希望……

为什么人们常常不知道历史教训，不知道前车之覆，而人则常常昧然？

没有经历的人当然不知道，于是把他所接触者（第一次）视为新鲜和仅知的；

已经历者由于自己种种限制（知识、见解范围等）而不知。由于历史每一次重复，都是采取新的形式、变换新的衣裳，正如同是军阀割据，却打出了种种旗号，同是流氓撒赖，却玩弄了种种花招……

其中心理因素起极大作用，如对统治者的幻想，对历史人物的同情，等等。

统治者总是玩弄种种宣传和政治行径，来一众心和定众志。

历史的重复在于古今人心相同。称王道霸之情古今皆一，所不同的仅是手段（形式），因之，古时之禅让，即今日之下台，古时之求仙即今日之长寿也。在于统治者影响人心的心理基础相同。

历史的重复，第一次是悲剧，第二次是喜剧何？曰：第一次是为本有的正义性，第二次是借用伟大的旗号，借用者往往不是没有经验的轻浮者，就是刁滑的大流氓。

历史的重复历史家的哲眼看到所评价的，而不是当事人（历史人物）自封的。

《狭路集》 四则

五九

有些人的死亡中存在着艺术的悲剧因素，但并不是每个人的死亡都是悲剧性的。因为悲剧不但是哀痛的，而且是光辉的。悲剧的悲伤是伟大的悲伤。这是作为罪犯与英雄的区别。

六十

一个人清醒地生活，本身就是一种苦难，因为纷扰多变而又充满悲剧的现实生活使人的感情无法忍受和不安。于是人们在麻木不仁和幸福之间画上了等号，并把内心冷漠和死气沉沉看作最高尚。

六一

只要真正地探索过，激动过，就会在心灵中保持起来，当恶魔向你袭击，它就会进行抵抗。即使狂风和灰土把你埋没了，但决不会淡忘，当精神的光明来临，你的生命就会更大的活跃。

六二

一时的失败，不会毁掉一个坚强的人。

在黑暗之中，要使自己有利于黑暗，唯一的办法是使自己发光。

选自《无梦楼随笔》

上海远东出版社 1996 年版

作家的话 ◈

久幽空虚，已失世情，于出处去就辞受取与之间，必多乖刺。盖见冠盖轩昂，局促之容油然而生，纷华成丽，自卑之感鼓然而起，此时宜检点身心，不使失言失行类似小丑也。临兀者固须理智克制，处卑时尤须理智照耀，不然阴毒之溃胜于阳刚之暴，精神瓦解，永堕畜生道矣。壬寅年头八日书于无梦楼。

《拾荒集·序》

长年幽居，不接世事，贫困穷乡，可读之书极少。耳目既绝，灵明日锢，心如废井，冗蔓无似。偶作思索，有宛如走羊肠小道之感。随笔记之，以备忘也。癸卯夏至日题于无梦楼。

《狭路集·序》

评论家的话 ◈

《无梦楼随笔》不同于中晓以前的作品，一个明显的标志是，这部书连接着作者自己置身的环境，以及特殊曲折的文学道路。中晓对历史、民族文化、民族个性、人生精神等所作的理性反思，不是为了发表，或"藏诸名山，传诸后人"，他是为了弄明白纠缠于自己灵魂和情愫中诸多不解的问号。当时他贫病交加，还陷入乡居没有互相启发、互相辩难的对话者的孤独中，于是前人的著作，古人的著作，成了他的谈话对象、辩难对象。囿于条件，他只能得到什么书就读什么书，但他的思辨在异常杂乱的笔记中格外异常的清晰，"随笔"处处闪烁着人生智慧的火花，恰似满天闪烁而亮度不等的星斗，以零散无序的表现而蕴含其深广丰实的内实。

耿庸：《回忆张中晓》

唐 湜

划手周鹿之歌 (节选)

唐湜，原名唐扬和。1920 年生于浙江温州。1948 年毕业于浙江大学外文系。出版有诗集《骚动的城》《英雄的草原》等，并发表关于"九叶诗派"的诗人作品评论，成为"九叶诗派"最富才情和创见的批评家，这些文章收入评论集《意度集》。1957 年反右运动中被划为"右派"，遣送北大荒劳动，1961 年回到浙江温州家乡，也是从事体力劳动，也曾随昆剧艺人流浪于浙东沿海渔村渔港。在艰难困苦的环境下开始创作以家乡流传的神话传奇故事为题材的长诗《划手周鹿之歌》等多种，20 世纪 80 年代陆续出版的还有历史叙事诗集《海陵王》，南方风土故事诗集《泪瀑》及十四行诗集《幻美之旅》等。1978 年平反后，曾执教于温州师专，担任温州文联创作员。2005 年于温州逝世。

7

现在，蒲剑的端阳要到来了，
桃符的端阳马上要到来了；

喝避邪的雄黄酒的节日，
拿蒲剑跟邪恶的虫豸们搏斗的节日！

不要叫虫豸们在人间横行，
不要叫邪恶污辱人类明朗的世界；

这欢跃的夏天该是个生命的季节，
这振奋的日子该是个黄金的节日；

一个歌诗的辉煌的节日呵，
一个诗人的黄金的节日；

纪念那拿战斗的雄浑的诗
照耀了人民的未来的诗人的；

纪念那拿辉煌的壮勇的生命
完成了壮丽的诗篇的诗人的！

周鹿，在这个节日的前夕，
心儿迷糊着，像是喝多了酒；

他仿佛喝多了酒似的恍恍惚惚，
他仿佛觉得恍恍惚惚地来到白晃晃的江边；

他仿佛恍恍惚惚地看到自己的爱人
怎么也在那白晃晃的江边徘徊；

两人没说什么，默默相对了一忽儿，
她要他给她采一朵水浮莲的紫花；

他没说什么，一直走向水波，
她笑着，也跟着走向飞云江的波涛；

仿佛波涛忽儿静止不动了，
成了一片光闪闪的透明的水晶；

仿佛那水中的紫花忽儿不见了，
眼前展开了一条闪光的波涛的路；

他们仿佛就踩着这透明的路
走向东海，走向东海壮阔的波澜；

呵，这水底的世界多么奇异，
花花草草都闪耀着蓝色的光！

这儿有一个亮晶晶的珠贝的宫阙，
可以作真挚的爱人们水底的幽居；

呵，这水底的宫阙多么静谧，
爱人们可以在这儿沉睡一千年！

醒来就去找天真的鱼虾作游伴，
找巨大的海龟作出游的筏子；

可以招呼波涛姐妹们一起起舞，
拿水浪作鞭子赶走可怕的大鲨鱼；

更可以在阳光里洗一个澡，
叫辉煌的阳光洗去灵魂上的风尘！

这儿是辉煌的太阳的家乡，
太阳的妈妈就天天在这儿给孩子洗澡；

呵，一个水底的蓝色的天国，
与那云彩的家乡一样光灿；

也与那云彩的家乡一样淳美，

也与那云彩的家乡一样迷人！

他仿佛觉得自己牵着爱人的手，

进入了这海国的透明宫阙，

一起在那儿沐浴着打透明的

水晶瓦直射下来的一片阳光；

仿佛忘记了炎热的夏日，

忘记了流转的岁月、多变的季节，

一片深沉的夜一样的喜悦

在他的心瓣儿上波纹样漾开；

也漾开了一片幸福的光芒，

一片直沁入心底的幸福的月光；

仿佛沉入了一片柔和的月光，

他们拥抱着，相互吻着对方的脸；

相互给对方的脖颈、胸脯

盖上了数不清的火热的印记，

就像在一张永恒的婚约上

盖上了数不清的胜利的印记！

他醒来了，心儿上有一片喜悦的光芒，

呵，太阳在江上撒下了多耀眼的金网！

8

呵，金光闪闪的飞云江上，

一片翻腾着的金色波涛；

一片招展着的金色彩旗，

一片轻盈地摇晃着的金色龙舟……

可打远方黛色的山峦后面，

隐隐传来了天上轰雷的声响；

可打欢腾的跳跃波浪下，

渐渐涌上了一股强大的潜流！

周鹿，搀扶着翠眉的姑娘，

跨上他的欢腾、辉煌的龙舟；

她手里捧着一束点燃着的香，

鬓上插着一朵红艳艳的月季花；

她把自己打扮成一个新娘，
来奔赴这水波上金色的婚礼；

她笑着，望着浑身闪耀着阳光的周鹿，
跟她一起来赴这婚礼的快活的新郎；

他打她手里接过金色的香，
像接过一张请他同赶婚宴的喜帖；

他们的眼光默默相望着，
凝合成了一片无声的合唱！

呵，不能让人间的婚礼把我们结合在一起，
那就叫水底的音乐把我们的灵魂凝合为一；

叫水波来完成我们的爱的旅程，
叫水波来完成我们的青春的航行！

也叫水波来歌唱我们的爱的抗议，
叫水波来歌唱我们的青春的胜利！

生命在一个人就只有一次，
那就该是最动人最壮烈的一次；

青春像电光一样一闪就过去，
那就该有电光一样璀璨的欢愉！

呵，喝下这一杯火焰的酒，
叫我们的血液燃烧起来吧！

周鹿举起了白瓷的酒杯，
默默地凝望着欢笑的姑娘；

喝呵，喝下这一杯醉人的酒，
叫我们的心灵呵，更加清醒！

喝呵，喝下这一杯喷香的酒，
叫我们开始又一次生命的旅行；

去向一个新的欢乐的幻想，
去向那个水底下蓝色的家乡！

周鹿举起酒杯，要划手们干杯，
更要姑娘干了这杯火焰似的酒液；

他高高地举起了一对大鼓槌，
打出了第一声前进的号令；

他有时轻轻儿、轻轻儿敲打，
叫龙舟轻轻儿躲过阴暗的洄流；

他有时利落地敲打着边鼓，
叫龙舟无声地滑下深深的波谷；

他于是重重地擂着鼓心，
轰雷似的擂着愤怒的波涛；

轰雷似的擂着黄金的波浪，
轰雷似的擂着金色的飞云江；

轰雷似的擂着划手们果敢的心，
轰雷似的擂着姑娘烈火似的灵魂！

两岸也响起了一片轰雷似的欢呼，
周鹿的龙舟如第一支箭，射向欢腾的海洋！

呵，我们的周鹿拿他生命的画笔
要给我们画出最浓艳的一笔！

他的最后、最壮烈的一笔，
他的最后、最壮烈的一击！

他睁大了那火焰似的眼睛，
望着滚滚压来的海浪，举起了双槌；

呵，海洋，我生命的故乡，
我要奔向你无比辽阔的胸怀！

你给我的童年孕育过金色的想象，
你欢乐的水涡也叫我舒展过自己的臂膀；

多少次，我像水鸟样在你的胸脯上浮游着，
多少次，我像水鸟样在你的深心里沉潜着！

这忽儿，我可要在你的胸怀上
唱出我最后的一支歌，欢乐之歌；

我要唱出我青春的怀恋，
拿我的爱，我的生命！

我要唱出最初一次燃烧的恋情，
拿我的爱，我的生命！

我要唱出最后一次燃烧的搏斗，
拿我的爱，我的生命！

周鹿高高地举起了大鼓槌，

轰轰地擂起大鼓，擂着水波；

风呼呼地在海上飞奔，

轰雷追着闪电，岸然向海上轰来；

轰在山谷样翻滚着的白浪上，

轰起了海底最深沉、强大的潜流；

疯狂的风暴，深沉、强大的奔流，

合成了一片山峦样突兀的九级浪；

白鲸似的巨浪一个个拥来，

怒吼着，张开大口吞下了龙舟；

划手们绝望地钻进了漩浪，

急急地泅向那绿色的希望之岸；

可没有周鹿，他伴着他的新娘，

从容地奔向那一去不复返的故乡；

可没有我们的鼓手，他伴着他的新娘，

从容地奔向了那蓝色的甜蜜的梦乡；

他还在海底伴着他的新娘，
叫他的龙舟箭似的穿过激流。

射向海底下蓝瓦瓦的天穹，
射向闪亮的镶着珠贝的宫阙；

他还在海底擂着他的大鼓，
发出那战斗的生命的欢呼，

化入一片无边的汹涌涛声；
化入一个无涯涘的海洋乐章！

化入一片珍珠贝似的波浪，
化入一片红珊瑚样欢笑的音乐，

人们说：他最后把他的龙舟
打海底划到那儿蓝色的海湾里，

在一个危崖下停泊了金色的龙舟，
搀扶着他的新娘攀上片高峻的岩扉；

在那个荒凉的小岛上，他们举行了
蜜似的婚宴，呵，永恒的爱之蜜！

呵，拿生命的欢乐酿造的蜜，

呵，拿青春的花瓣酿造的蜜！

人们在岛上给他们筑了个小窝，

给他们塑了像，献上四季新鲜的果品；

来去的海客常来祈求海上的平安，

水手们更骄傲有这么个好样儿的伙伴；

可来的更多的是快活的年轻人，

他们爱挑黑夜来，来学习酿造爱之蜜的秘密；

来学习怎么做个深情的村野恋人，

来学习怎么点燃爱人心儿里的火焰；

人们说：只要摸一摸周鹿的眼睛，

年轻人的一眼就能叫爱人动心；

人们说：只要摸一摸周鹿的胸口，

年轻人就能得到爱人火热的心；

呵，他可爱指引那些年轻的恋人，

走上那幸福又曲折的爱的旅程！

每个夏天，我们在打谷场上看星星，

会忽儿听到划龙舟的咚咚鼓声；

在六月的星光下，打遥远的海岸，
会忽儿传来片震撼着海洋的鼓声；

呵，是周鹿在划着他的龙舟，
听着，他伴着他的新娘在海上……

他在海上划了整整一百年龙舟，
他的鼓声在海上响了整整一百年；

急骤、深沉、高昂，像一阵雷雨，
一阵降落在人世波涛上的风暴；

起来了一片奔腾、澎湃的回音，
一片海的奔腾，思想的奔腾，诗的奔腾！

白浪山峦样拥向那个海湾里的小岛，
山峦样在波谷间倒下，喷出了半天高的水雾！

一百年前，周鹿的龙舟进入了波心，
打那忽儿，海上就有了他宏大的鼓声！

1961 年秋

选自《泪瀑》

人民文学出版社 1985 年版

作家的话 ◈

　　在叙事长诗如历史叙事诗里，我追求一种弯弓不发的力度，一种气势磅礴的雄伟美，而在抒情诗里，我希求的却是喜悦的柔和美，我企求能达到一种风格上的澄明……

《我的诗艺探索》

　　一个故事在民间流传着，就像珍珠含在珍珠贝里，时间会给抹上一层层奇幻的光彩；我们把蒙上的灰尘拂去，就会耀出一片夺目的光华。诗人冯至的《帷幔》与《吹箫人》给了我一些启发，我更想学习诗人里尔克抒写东方传说的精神，写出一些彩画似的抒情风土诗篇，这一个故事就是个开始。

《泪瀑》

评论家的话 ◈

　　唐湜用许多精力来写作以历史和传说为题材的叙事诗，这虽是自觉的艺术追求，但不可否认也是由于环境的限制。历史传说和南方故乡阳光下的传奇，在一个寂寥而愤懑的时期里，显然是想象和感情驰骋、承载的合适的领域。在这些寄情忘忧式的抒写中，有许多浪漫主义的情调和色彩；也能感受到悲剧式的心理激情和对人生思索、向往的火花。而作者曾有过的戏剧创作经验，也有助于较妥善剪裁、处理情节和选择合适的叙述方式。不过，作者对"历史"，似乎还欠缺更锐利的现代人的眼光和透视角度，因而，对原来传说故事的处理，还不够超脱、"空灵"，这也影响到其思想深度的不足。

洪子诚、刘登瀚：《中国当代新诗史》

◇ 曾　卓
　　有　赠

　　曾卓，1922 年出生于武汉。原名曾庆冠。1940 年参与《诗垦地》丛刊、《诗文学》杂志及丛书编辑工作。1947 年于重庆中央大学历史系毕业后，在中学任教，不久回武汉主编《大刚报》副刊《大江》，后任该报副总编辑。1949 年后曾在湖北教育学院、武汉大学教授文艺学。1952 年任《长江日报》副社长、武汉市文联副主席。1955 年受"胡风反革命集团"案牵连，入狱。1957 年保外就医。1959 年下放农村。1961 年调任武汉人民艺术剧院编剧。1979 年起任武汉市文联副主席、中国作协理事、作协湖北分会副主席。著有诗集《门》《悬崖边的树》《老水手的歌》等。诗思温和蕴藉，单纯中内含沉郁的悲剧性体验，具有象征性。另有散文集《痛苦与欢乐》《美的寻求者》《让火燃着》和《听笛人手记》，诗论集《诗人的两翼》等。2002 年因病去世。

我是从感情的沙漠上来的旅客，

我饥渴，劳累，困顿。

我远远地就看到你窗前的光亮，

它在招引我——我的生命的灯。

我轻轻地叩门，如同心跳。

你为我开门。

你默默地凝望着我

（那闪耀着的是泪光么？）

你为我引路，掌着灯。

我怀着不安的心情走进你洁净的小屋，

我赤着脚，走得很慢，很轻，

但每一步还是留下了灰土和血印。

你让我在舒适的靠椅上坐下，

你微现慌张地为我倒茶，送水。

我眯着眼——因为不能习惯光亮，

也不能习惯你母亲般温存的眼睛。

我的行囊很小，

但我背负着的东西却很重，很重，

你看我的头发斑白了，我的背脊佝偻了，

虽然我还年轻。

一捧水就可以解救我的口渴，

一口酒就使我醉了，

一点温暖就使我全身灼热。

那么，我能有力量承担你如此的好意和温情么？

我全身战栗，当你的手轻轻地握着我的，

我忍不住啜泣，当你的眼泪滴在我的手背。

你愿这样握着我的手走向人生的长途么？

你敢这样握着我的手穿过蔑视的人群么？

在一瞬间闪过了我的一生，

这神圣的时刻是结束也是开始，

一切过去的已经过去，终于过去了，

你给了我力量、勇气和信心。

你的含泪微笑着的眼睛是一座炼狱，

你的晶莹的泪光焚冶着我的灵魂，

我将在彩云般的烈焰中飞腾，

口中喷出痛苦而又欢乐的歌声……

1961 年 11 月

选自《白色花》（绿原、牛汉编）

人民文学出版社 1981 年版

作家的话 ◈

1955 年，一场意外的风暴使我坠入了一个深谷，但同时也又将诗带入了我的生活。在那样突然落下的毁灭性的打击下，在那样无望而且是绝望的情况下，我的感情不能平静。我的内心有许多话要倾吐，也要从内心汲取一些东西来激励自己。于是，我又开始写诗。

《在学习写诗的道路上》

评论家的话 ◈

他的诗即使是遍体鳞伤，也给人带来温暖和美感。不论写青春或爱情，还是写寂寞与期待，写遥远的怀念，写获得第二次生命的重逢……节奏与意象具有逼人的感染力，凄苦中带有一些甜蜜。它们极易引起读者的共鸣。他的诗句是湿润的，流动的；像泪那样湿润，像血那样流动。……诗人在 1961 年写的《有赠》是一曲深沉的哀歌。由于我有类似的经历，感到格外真切与沉重。我们永世不能忘记，而且应当永远虔诚地感到那些圣洁而坚强的女性们，在那些漫长的岁月里，她们何止千万个？这首诗应当说不仅仅是献给一个女性。她们，不像诗人与世隔绝，相对地生活在寂静中，她们受到的灾难与苦楚是一座炼狱。

牛汉：《一个钟情的人》